主编 凌翔

当代著名作家美文自选集

晓风残月杨柳岸

陈鲁民 著

民主与建设出版社
·北京·

图书在版编目 (CIP) 数据

晓风残月杨柳岸 / 陈鲁民著 . —北京：民主与建设出版社，2019.12

ISBN 978-7-5139-2775-8

Ⅰ. ①晓… Ⅱ. ①陈… Ⅲ. ①散文集—中国—当代 Ⅳ. ① I267

中国版本图书馆 CIP 数据核字（2019）第 248104 号

晓风残月杨柳岸
XIAOFENG CANYUE YANGLIUAN

出 版 人	李声笑
著　　者	陈鲁民
责任编辑	周佩芳
封面设计	陈　姝
出版发行	民主与建设出版社有限责任公司
电　　话	（010）59417747　59419778
社　　址	北京市海淀区西三环中路 10 号望海楼 E 座 7 层
邮　　编	100142
印　　刷	唐山楠萍印务有限公司
版　　次	2020 年 1 月第 1 版
印　　次	2020 年 1 月第 1 次印刷
开　　本	710 毫米 ×1000 毫米　　1/16
印　　张	13
字　　数	200 千字
书　　号	ISBN 978-7-5139-2775-8
定　　价	49.80 元

注：如有印、装质量问题，请与出版社联系。

目　录

第二辑　西窗闲笔

03

第一辑　晓风残月

在心中修篱种菊

诗人林徽因说过："真正的淡定，不是避开车马喧嚣，而是在心中修篱种菊。"此言颇有禅意，深得我心，不由得也想多说几句，凑凑热闹，续个狗尾。

在心中修篱种菊，乃隐士之风。"小隐隐于野，中隐隐于市，大隐隐于朝"，是道家哲学思想。意即闲逸潇洒的生活不一定非要到林泉野径去才能体会得到，更高层次隐逸生活其实是在都市繁华之中，在心灵净土修篱种菊，独善其身，找到一份宁静与淡定。

修篱种菊，源于陶渊明的名句"采菊东篱下，悠然见南山"，他是个真正的精神上的隐者，可也并不执意非住在深山老林去茹毛饮血不可。弃官不做后，他就直接归隐田园，每日里耕读，饮酒，写诗，自得其乐，甘之若饴，成了中国第一位田园诗人，开创了田园诗一派，被后世称为"古今隐逸诗人之宗"。可见，真隐者在哪里都能隐得住，隐得长久，因为他们都善于在心中修篱种菊；而那些假隐者即便住进终南山的洞子里，也日日惦记着朝堂魏阙，盼望着像卢藏用那样走通终南捷径，升官发财，做"随驾隐士"。

"暗暗淡淡紫，融融冶冶黄。"如果有菊在东篱下可采，有南山悠然可见，固然是得天独厚，浪漫潇洒，令人向往；若没有这个条件，身处闹市，蜗居斗室，甚至关在不见天日的大牢里，同样也可以在心里修篱种菊，悠然南山，获得心灵的宁静和淡定。曼德拉在南非监狱关了27年，始终心态不变，神清气朗，每日看书写作，磨砺心志，终于拨云见日，走出牢笼，大显身手，叱咤风云，书写了人生的辉煌。这也就是"结庐在人境，而无车马喧。问君何能尔？心远地自偏"的道理。

菊爱秋风喜阳光，在心中修篱种菊，就要心存阳光明媚，胸怀清风明月。大儒王阳明，一生光明磊落，追求良知，立德立功立言，从阳光少年做到阳光青年、阳光中年，直到临死仍是"此心光明，亦复何言"。这个伟男子也是爱花之人，他的名言"你未看此花时，此花与汝同归于寂；你来看此花时，则此花颜色一时明白起来"。500多年了，还没有几人参透此言。

菊性恬淡，太肥的水土难以生养；菊傲秋霜，不喜生在热闹之地。因而，谈泊名利之人，看轻身外之物，视金钱如粪土，富贵于我如浮云，才能在心中修篱种菊，蓄蕾开花。倘若心中满是金钱物欲，被名缰利锁捆得死死的，每个细胞都浸透了肥油，每条血管都布满污垢，心房那丁点地方挤得满满当当，哪还有地方去修篱种菊？"人为物累，心为形役"，是生活的最大悲剧，稀里糊涂就交待了一辈子。

"宁可抱香枝头老，不随黄叶舞秋风"，菊是有性格的花，孤傲清高，不落流俗，霜越大越要怒放，即便最后僵死枝头，也绝不萎谢于地，是故跻身梅、兰、菊、竹四君子行列。菊喜平和，最忌戾气，只有放下仇恨，才能在心中修篱种菊。那些天天生活在仇恨中的人，处心积虑地算计他人，睚眦必报地报复他人，时时备受煎熬，度日如年，只会在心中播种蒺藜和毒刺，扎痛别人也扎痛自己。

"东篱把酒黄昏后，有暗香盈袖。"东晋以降，"东篱"便成了菊花的别称，诚如林妹妹所言"一从陶令评章后，千古高风说到今"。欲在心里修篱种菊，需要有仁义的土壤，爱的气候，善的营养，美的熏陶，还要精细地呵护，心中之菊方可茁壮成长，花开盛艳。看一个人，若是慈眉善目，满面春风，笑颜如花，脸上带着从心底升起的欢喜，甭问，他一定悄悄地在心里修篱种菊，花开灿烂，从心里绽放到脸上。

夸一个人"人淡如菊，心素如简"，即是夸其疏野淡泊、独标傲世，夸其清奇脱俗，心地澄明，在我看来是殊为难得的褒奖。

"半饱"与"留余"

　　大清相国陈廷敬，为官五十余年，是康熙帝的股肱大臣，《康熙字典》总纂官，对康熙朝的文治武功及康乾盛世的形成立下过汗马功劳。他一生清廉自律，甘于清寒，家里只有老屋数间，无值钱什物。虽贵为宰相，却出门无车，衣衫粗旧，饮食无珍蔬膏粱，一冬只吃腌菜，还甚觉有味，常以"我自长贫甘半饱"而自励，被门人称为"半饱居士"。扬州八怪之一的文学家金农曾写诗赞扬陈廷敬的清德余风"独持清德道弥尊，半饱遗风在菜根"。《清史稿》给予他"清勤"的高度定评。

　　离陈廷敬故居大约五百里外的河南巩义，有个康百万庄园，一块悬挂在主宅过厅的"留余匾"让人印象深刻。匾上写着《四留铭》："留有余，不尽之巧以还造化；留有余，不尽之禄以还朝廷；留有余，不尽之财以还百姓；留有余，不尽之福以还子孙。"或许就是因为历代子孙都做到了自觉"留余"，凡事张弛有度，适可而止，留有余地，并远离穷奢极欲，结果康家整整繁荣兴盛了十二代400余年，富到"马行千里不食别家草，人行千里尽吃康家粮"，打破了富不过三代的规律。

"半饱"与"留余",一是大清相国官箴,一是地方士绅家训,可谓异曲同工,反映了共同的境界与情怀。以"半饱"精神去做官,可保洁身自好,全身而退;以"留余"态度来治家,可保家业不衰,子孙出息。

　　"半饱"与"留余",都强调的是凡事应见好就收,留有余地,最忌穷极尽绝。譬如说,吃饭要半饱,现代医学认为,吃七成饱正好,益于健康长寿,胡吃海塞,吃得脑满肠肥,则是百病之源;作画要留余,高明的画家,入画的景物再多,也总要在画面上留出二三分空白;赚钱要有所节制,不能独吞,自己赚钱也要给别人赚钱机会;喝酒也要适可而止,酒至微醺,花至半开,是最佳境界,喝得酩酊大醉,那是自找罪受。

　　"半饱"与"留余"的反义词就是贪婪与过分。贪吃、贪财、贪功、贪名、贪权,都没有好下场;而过于奢侈,过于招摇,过分享受,过度消费,则都是愚蠢之举。看看刘瑾、和珅、徐才厚、谷俊山、刘志军、郑筱萸之类贪官,本来就高官厚禄,享用不尽,却不知惜福,不守本分,放纵贪欲,拼命捞钱,贪污受贿,结果是贪吃吃到"大腹便便",捞钱捞到腰缠万贯,最后换来个遗臭万年。

　　实践证明,用"半饱"思想来治愈物欲的贪婪,用"留余"精神来节制生活的奢侈,既是实事求是效果明显的明智之举,也是许多仁人志士的经验之谈。诸葛亮说"淡泊明志,宁静致远",尼采说"一切烦恼皆来源于过多的欲望",方志敏说"清贫,洁白朴素的生活,正是我们革命者能够战胜许多困难的地方!"苏格拉底被学生拉去逛罗马市场,琳琅满目的商品让他看着头晕,对学生大发感慨:没想到居然有那么多我不需要的东西。

　　而以"半饱"对待功名利禄、以"留余"对待生活享受者,往往会全力以赴在工作和事业上,做出不凡建树。中国科学院院士裘法祖就是其中一员,他这样要求自己:"做人要知足,做事要知不足,做学问要不知足。"在漫长的人生岁月里,他一直忠实地践行着自己的座右铭,淡泊名利，生活简单简朴，温饱即可；拼命工作，兢兢业业，废寝忘食，高标准要求自己；搞学问更是精益求精，苦心孤诣，最后，他的突出成就享誉医学界，被誉为中国外科医学奠基人，为我们树立了做人、做事、做学问的楷模。

"半饱"，是保持身心健康的硬道理；"留余"，是实现人生辉煌之大智慧。有心者不妨一试，很灵的，坚持践行，受益终身。

自知之明

　　人贵有自知之明。

　　汉文帝刘恒，是刘邦众多儿子中最微不足道的一个，因为是庶出，被封到远离京城的贫穷北部。但也正因为他无权无势，又没野心，先是躲过了吕氏的迫害，又在平定诸吕之乱后，为周勃等大臣看中，迎回继承皇位。即位后，他认为自己不论从出身、威望到能力，都不足以居于帝位，所以，谦恭谨慎，勤政努力，虚心纳谏，励精图治，推行"休养生息"政策，轻徭薄赋，发展农业。自知之明使他成了西汉最有作为的一个皇帝，与后来的景帝成就了著名的"文景之治"。

　　唐太宗那就不一样了，根红苗正，兼又雄才大略，功高盖世，可这位也是个有自知之明的主。贞观六年，秘书少监虞世南写了一部《圣德论》，把唐太宗夸成了前无古人、后无来者的最伟大明君，唐太宗看后说："卿论太高，朕何敢拟上古，但比近世差胜耳。然卿适睹其始，未知其终，若朕能慎终如始，则论当可传；如或不然，恐徒使后世笑卿也。"意思是说：你也太言过其实了，把我比拟成上古圣君，我哪有那么贤明啊！但比起近世一些糟糕皇帝来，我还是比他们强一些的。而且你看到的只是开始，我将来能不能一直做得这么好，还不一定呢。若我能善始善终，把我写进传记里颂扬一下，还说得过去；若不是这样，你的吹捧不是让后人耻笑吗？

唐太宗说的"糟糕皇帝"，就有最缺乏自知之明的隋炀帝。这位本来就是靠搞阴谋诡计上位的皇帝，上台后仍牛皮哄哄，自我感觉良好，以为老子天下第一。他多次对大臣们说，即便这皇位不是父皇传给我的，就是凭真本事比赛，我武功盖世，文才天下居首，皇帝也该由我做。可惜他只干了十五年，因为享受有道，骄奢淫逸，治国无方，穷兵黩武，引得天怒人怨，烽火四起，一时间激起了十八家反王、六十四路烟尘。临到最后垮台时，他还毫无愧悔之意，自怜自爱地揽镜叹息：好头颅，谁当砍之！

君王缺乏自知之明，会胡作非为，导致天下大乱，常人没有自知之明，则显得狂妄无知，免不了被人嘲笑。李白一辈子想做官，自以为是经国济世的良材，"天生我材必有用"，其实旁观者都看得很清楚，他写诗固然是天才，当官却不是那块料。当官这事，尽管李鸿章曾戏言"天下最容易的事就是当官"，其实，当官也是要才能、要本事的，不是任谁都能当的。有些人缺乏自知之明，哭着闹着要当官，即便戴上了乌纱帽，也会是一个庸官、昏官、糊涂官。萧何就是个会当官的奇才，治理国家井井有条，他去世后，曹参继位，有自知之明，知道自己的才具、水平较之萧何相差太远，就一切按原来萧何订的规矩办，就叫"萧规曹随"，曹参也成了一个很不错的相国。

南朝诗人谢灵运说："天下才共一石，曹子建（曹植）独占八斗，我得一斗，天下共分一斗。"说"曹子建独占八斗"就有些夸张，说自己"我得一斗"则更不靠谱，这牛吹得太大了一点。十几年前，有个风头正劲的当代作家，曾吹嘘说自己"一不留神就是一部《红楼梦》，最次也是中国一《飘》",可这么多年过去了,也没见他的传世之作在哪里。还有一个著名书画家,把画家分为"九品":一品,谓之画家,作品赏心悦目;二品,谓之名家,作品蔚然成风;三品,谓之大家,作品继往开来;四品,已成大师,凤毛麟角;五品,谓之巨匠,五百年出一位……我就是坐四望五。这个话要让别人说就是溢美之词,要自己说就是缺乏自知之明。

老子说"知人者智,自知者明",实乃千古名言!当谨记且践行,别忘了,自大加一点就成了"臭"字。

孔子师徒看《孔子》

听说电影《孔子》大火，孔子师徒也想去瞧瞧，到底把咱演成个啥模样，看个究竟，就一头钻进了电影院，一个个看得热泪盈眶。再想想主演周润发的那句名言："看《孔子》不掉泪，你还算是人吗？"发哥不愧是个影帝，人家说得真有道理！

看完电影，师徒们边走边说，七嘴八舌，煞是热闹。

孔子说：找周润发演我，固然能美化我几分，但毕竟与我的原型相差太远。谁都知道我长得有些对不起观众，把我演得那么帅，熟知的朋友乡亲们该不认识我了，以后和他们再见面时，我会不好意思的。

颜回接着说：是啊，我本来因营养不良，瘦的皮包骨头，面有菜色，二十九岁就头发尽白，你看电影里那个颜回，红光满面，丰满滋润，明显的营养过剩。看了电影，人家该不相信老师对我的赞扬了"一箪食，一瓢饮，在陋巷，人不堪其忧，回也不改其乐"。这可是有些弄巧成拙了，他倒是演得很痛快，我可是不大爽啊。

冉求幽幽地说：电影里说咱们在陈蔡断粮时，喝过一碗马肉汤，我怎么不记得有这么回事。是不是你们瞒着我喝过马肉汤,老师这就是您的不对了,大家都是您老人家的学生,手心手背都是肉,干吗要厚一个薄一个呢?

孔子急得脸都涨红了,结结巴巴地说:那全是误会、误会,是电影瞎编的。我对天发誓,我虽然"食不厌精,脍不厌细",但说句老实话,到现在我都不知道马肉是啥滋味。还说呢,你们也不知道孝敬我,人家齐桓公就随便说了一句没吃过人肉,易牙就杀子烹食以进,那虽然不人性,但忠心可嘉呀!重耳流浪时,介子推也曾割股啖君,你们谁能做到?

子路也颇为不满:三千学生、七十二贤人中,原来只有我一个人是殉道而死,壮怀激烈,名传千古,这都是历史上有明文记载的。怎么电影里颜回师兄也成了下河抢救竹简而死的英雄,他明明是病死的嘛,那些编剧也真敢胡编乱造啊。如果说诽谤英雄有罪,捏造英雄也不光彩吧?

子贡则另有看法:颜回之死,历史上并没有文字记录,也无病历可查,这就有了想象的空间,编剧们耍点小聪明,给颜师兄一个"光明尾巴",倒也在情理之中。我最愤慨的是,老师去见南子时,那几句话也编得太离谱了,公然让南子当面挑逗老师,虽然老师没有上当,但多少还是有损形象,怪不得孔氏后人有意见,我看了也不受用哩。

子路连声附和:是哩是哩!

曾参虽年龄小,见识却不差:电影为啥净拣咱倒霉的地方演,咱固然有秦琼卖马时的困窘,也有过五关斩六将的辉煌啊。想当年,老师当鲁国大司寇时,明法纪,惩强梁,杀少正卯,何其威风,他怎么不写呀。观众要是没点文史常识,光看电影,还真是以为咱师徒就是舅舅不爱姥姥不疼的倒霉蛋,就是老百姓说的"惶惶如丧家之犬"呢。

孔子说:算了吧,别那么较真了。不是有句名言说"一千个读者就有一千个哈姆雷特",同样道理,有一千个导演就会拍出一千部不同的

《孔子》。胡玫拍的是这个凄凄惨惨戚戚样子，张艺谋拍得估计与《英雄》差不多，若冯小刚来拍啊，那咱可能都成了贺岁片里笑星了。

说着，走着。眼尖的子夏惊叫："前边真有一个马肉馆，走啊，让子贡请客，他最有钱。"于是，师徒一行昂然进了马肉馆，迅即由精神文明建设转入物质文明建设，觥筹交错，推杯换盏，好生热闹。

口才不好很吃亏

有的人学富五车，满腹经纶，可就是因为口才不好，表达能力欠缺，所以吃亏不小，就像茶壶里装饺子——倒不出来，说了半天不知所云，听他说话的人往往比他还急。

一代大哲冯友兰，学贯中西，博大精深，其哲学作品为中国哲学史的学科建设做出了重大贡献，被誉为"现代新儒家"。不过，他的口才却很差，一口浓重的河南南阳口音本就难懂，加之又有些口吃，往往词不达意，他的讲课效果就大打折扣，很是影响他学术成就的传播。1948年，冯友兰从美国留学归来，在清华开"古代哲人的人生修养方法"课，首次听讲者达500人，第二周锐减至百把人，第三周只余二三十人，四五周后竟只剩四五人听讲，内容没问题，他吃亏是口才上。

顾颉刚是中国现代著名历史学家、民俗学家，古史辨学派创始人，现代历史地理学和民俗学的开拓者、奠基人，本来还应再给他加块招牌：著名教育家，可因为他的口才实在不咋样，虽然他曾是北大和燕大教授，一提他上课，许多人直摇头，这个头衔也就免了。他虽然旅居北京多年，却始终操一口不好懂的苏州口音，还略口吃，所以上课时一般学生都不易听懂。他对此也有自知之明，上课时便扬长避短，很少侃侃而谈，除了发给学生大量资料外，大部分时间都在写板书，通常写满三四黑板，下课的铃声也就响了。对这种情形，钱穆曾回忆："颉刚长于文，而拙于口语，下笔千言，汩汩不休，对宾客则讷讷如不能吐一辞。闻其在讲台亦惟多写黑板。"

不知道这是不是规律，凡是笔下十分了得的大家，口才一般都不敢恭维，这也许是上帝的意思，不能把所有的好处都给一个人，给你打开了一扇窗户，就给你关闭了另一扇窗户。就说沈从文吧，文学奇才，笔下锦绣文章如滔滔江河，还差一点得了诺贝尔文学奖，可要听他说话，那可就费劲了。沈从文在中国公学第一次授课时，慕名前来的学生很多，竟然让他紧张得一句话都说不出口，先在讲堂上呆站了十分钟，才径自念起讲稿来，仅用十分钟便"讲"完了原先预备讲一个多小时的内容，然后望着大家，又一次陷入沉默，最后只好在黑板上写道："今天是我第一次登台上课，人很多，我害怕了。"学生因此大笑不已。据其学生汪曾祺回忆，沈从文在西南联大讲课时，毫无系统，多是类似于聊天的即兴漫谈，经常是看了学生的作业就作业讲一些问题。他讲课的声音很低，湘西口音很重，因此有些学生听了一堂课，往往不知道听了些什么。

因口才而吃亏的还有王国维，他是国学大师，著作等身，但"拙于言词，尤其不善于讲书"，口才差为他减色不少。一次，他去北京历史学会演讲，慕名而来的人很多，但他开讲不久，人们便纷纷退席，即便勉强留下的，也多在打盹。周作人的口才也在平均水平之下，有地方口音且不说，还反应迟钝，走上讲台常手足无措，结结巴巴。冰心晚年曾回忆："我在燕大末一年，1923年曾上过他的课，他很木讷，远不像他的文章那么洒脱，上课时打开书包，也不看学生，小心地讲他的。"因口才而吃亏的，再扯远一点，有秦时的韩非，汉时的司马相如，老外的尼采等，都各有其吃亏的惨痛教训。

　　学问好口才又好的，梁启超算是一个，胡适、鲁迅、钱穆、徐志摩、闻一多、钱锺书也都可跻身其中。尤其是胡适，其学问远不及王国维、冯友兰，甚至不及周作人，可他得益于善于演讲，口才是一流的，反而在国内外爆得大名，现在流传的胡适的名言，基本上都来自他的演讲而不是著作。凡此种种，就足以说明，一个口才好的人会占多大便宜，反之，一个口才差的人，吃亏则是必然的，即便你是不世出的天才也罢。想青史留名的人，在搞学问之余，也别忘了练练口才，免得将来吃亏。

对自己说"你不行"

看央视一个健康节目，讲抑郁病的防治。医学专家分析说，压力太大，是我国目前抑郁病高发的一个重要原因，而很多压力都是自找的。一个人如果事事追求完美，天天想竞争取胜，结果是压力山大，又力不从心，受挫后情绪无法排解，郁积于心，久之成病。所以我们要学会主动为自己减压，对于那些实在不适宜自己的事情，一定要敢于对自己说：你不行，不争了，退一步。

对自己说你不行，也叫知难而退，急流勇退，是一个人有自知之明的睿智表现。毕竟，尺有所短寸有所长，每个人都有其短板和劣势，不可能事事都比人强。有的事你固然能轻松胜任，出尽风头，"春风得意马蹄疾"；有的事你就力有不逮，难以完成，这时候就要敢于承认自己不行，给自己找退路，下台阶。反之，如果本来不行却硬要说自己行，逼着自己霸王硬上弓，以己之短较人之长，勉力行不可为之事，那就只有难为自己，把自己逼上绝境。因为天不容欺，地难存假，不行就是不行，并非什么事都可以通过心理暗示迸发巨大精神能量，从而创造奇迹，变不可能为可能。

市面上充斥的那些鸡汤文章，什么"别对自己说不行"，"说我行我就行"，"对自己说你行"，"对自己说行就是行的开始"等，看题目都很煽情，让人热血沸腾，心潮澎湃；看事例则无不励志，精彩纷呈，丰富多彩。但那些励志道理多是脱离事实的极度夸张，那些生动例子则无非是特殊条件下的少数个例，绝不可以当一般真理而推广延伸的。如果像那些鸡汤文章支的招数去干，只要每天对着镜子说："我行，我就是行，我一定行！"你就所向无敌，无所不行，那也太匪夷所思了，弄不好就堕入自欺欺人的唯心主义和唯意志论泥沼。

术业有专攻，技能分高下。世界上的许多事，不是人人都能干下来的，有人行，有人就是不行，有人在这方面行，有人在那方面行。而不论你怎样努力，怎样拼命，怎样殚精竭虑，用尽洪荒之力，都不可能事事皆行。因为在水平、能力、天赋、机遇等主客观条件方面，人和人是有明显差距的，人家行，你不一定行，人家举重若轻，你却不堪重负。因而，承认自己不行，这不是自卑，而是清醒；不是服软，而是务实；不是懦弱，而是明智，是识时务者为俊杰，退一步海阔天空。

不肯承认自己不行的人，多是完美主义者。他们事事追求完美，不仅使自己经常生活在挫折、失败、无奈、忿怒的心情之中，还强迫、苛求别人，不行也要行，结果常常造成悲剧。一个因学习成绩不理想而自杀的中学生在遗书上写道：虽然我很努力，但与那些学霸相比，我真的不行，实在达不到爸爸妈妈的高要求。我每天都很累，生不如死，觉得只有死才是彻底解脱。退一步说，设若父母允许孩子说自己不行，不要硬逼他做不行的事，又何至于此？

孟子说："挟太山以超北海，语人曰'我不能'，是诚不能也。为长者折枝，语人曰'我不能'，是不为也，非不能也。"这就是说，世界上主要有两件事，一件是自己行，一件是自己不行，达观的态度是：把我行的事干好，干彻底，力到处，常行好事；力欠处，常有好心；敢于承认并远离那些我实在不行的事，不要勉强自己，这会使我们心态平和，神定气闲，生活充实而愉悦。

当然，还有一些难度在行与不行之间、属于通过挖潜或许能解决的事，类似跳一跳就可能会摘到的果子，那就要努力去做，并争取做好，其时就需要适当给自己一点压力，激励自己：你行，你一定行！

渣男

我教过的一个学生闹离婚，她父母请我去做工作劝和。我对她说：
"你老公模样不错，工作稳定，脾气也好，咋就一定要分手呢？""老师，
你不知道，他就是烂泥巴扶不上墙，不求上进，无所用心，干啥啥不行，
好逸恶劳，是个不折不扣的渣男，实在是过不下去了！"

我不由想到王羲之的儿子王凝之。东晋才女谢道韫嫁给王凝之，因
老公不太争气，无所作为，整天拜神弄鬼，她十分不称心。叔父谢安安
慰她说："你夫君出身名门，人物不错，没大毛病。"谢才女叹息说："一
门叔父，则有阿大中郎；群从兄弟，则有封、胡、遏、末，不意天壤之
中，乃有王郎。"意思是，我谢家人人都有出息，想不到天底下还有王凝
之这样的渣男！

男怕进错行，女怕嫁错郎。嫁给丑男人、笨男人、穷男人，都不算
多悲催，皆有解救之策，只要他有上进心、责任心，有一技之长，能养
家糊口，这日子就能过，说不定还有咸鱼翻身的机会。丑男人往往有过
人之处，马云、王石、潘石屹、葛优、冯小刚，都属于其貌不扬男子，

可谁想到，如今个个都成了人中龙凤。笨男人虽笨但顾家，对老婆忠心耿耿，一般不会有外遇。穷男人则会穷则思变，通过努力改变命运，丑小鸭变成白天鹅。最可悲的是那些嫁给渣男的女子，从此水深火热，没有一点盼头。因为渣男们不求上进，得过且过，好吃懒做，浑浑噩噩，自己没有出息，对家庭也无担当，跟了他就约等于判了"无期徒刑"。

但是，渣男们又很容易骗取女人的芳心，因为恋爱中的女人大都天真，多数还是"外貌协会"成员，一见帅哥骨头就先酥了一半。而渣男们多有翩翩外表，且花钱大方，善于甜言蜜语，王婆说的"潘驴邓小闲"他能具备好几条。但等你同他一起生活后，他就原形毕露了：又懒又脏，又馋又花，胸无大志，废物点心，原来是扶不起的阿斗。

当然，渣男和坏男人有本质不同，杀人放火的事他是不会干的，坑蒙拐骗的事他也干不了。坏男人可能是野心勃勃，渣男则小打小闹；坏男人心狠手辣，渣男则优柔寡断；坏男人以害人为业，渣男则最多是不帮人；坏男人是"三观"严重扭曲不正，而渣男不过是人的质量偏低；有的男人很坏但不渣，有些男人不坏但极渣，这是完全不同的两个概念。遗憾的是，居然会有"男人不坏，女人不爱"的风气，这实在让渣男们很不平衡，因为嫁给渣男最多过得窝囊，嫁给坏男人那就是上了贼船。

遇到渣男该怎么办？这有两种情况，恋爱时遇到渣男，唯一能做的就是立刻离开，毫不犹豫。股市里有鳄鱼法则："当发现交易背离了市场的方向，须立即止损，不得有任何延误，不得存有任何侥幸。"感情中也同样需要"止损"。幻想改造渣男是很不现实的，人家爹妈二三十年都没改造过来，就凭你？还是让社会、让现实来改造他吧。再就是结婚后发现嫁了渣男，那就要慎重了，只要不是"渣"得不可救药，实在过不下去了，还是轻易不要分手，毕竟离婚的杀伤力太大。

我看过一部热播的电视剧《新拯救》，才貌双全的女主角罗晶晶不惜一切、不遗余力地为前渣男男友龙小羽付出，被网友戏称为"每一个伟大渣男的身后，都站着一个被圣母光辉笼罩的女人"。这部戏又可以赚取大批观众的眼泪，但是千万不要把那些多情女子诱导到去拯救渣男的险路上去，最后的结局，你可能"圣母"没当好，反倒把自己的生活弄得一团糟，甚至搭进去宝贵青春，那就悔之晚矣。

人生在世，男人定位可有许多选项：猛男、暖男、型男、酷男、宅男、经济适用男，无论如何不要当渣男。

"小确幸"与"小确丧"

"小确幸"，是日本作家村上春树发明的一个词，意思是指"微小而确切的幸福"。他在随笔集《兰格汉斯岛的午后》里有一篇"小确幸"的文章，说，生活中有很多"微小但确切的幸福"，譬如自己上街购物，与朋友小聚，冬日赏雪，午后品茗，完成工作后的休息等，就是一种微小而确切的幸福。他最后写道："如果没有这种小确幸，人生只不过像干巴巴的沙漠而已"。"小确幸"一词，漂洋过海来到中国后，曾很受欢迎，风靡一时，成了许多年轻人追捧的对象。因为，它追求的是一种现世的安稳，营造知足常乐的氛围，劝告人们要珍惜眼前的幸福，很合乎喝惯了"岁月静好"鸡汤的国人胃口。

然而，不知从何时开始，风云突变，乾坤颠倒，"小确幸"忽然不吃香了，被抛弃了，取而代之的是"小确丧"。这两个词虽只是一字之差，但意思风格却天壤之别，一正一反，一阳一阴，一乐一悲。"小确丧"们最爱说的话是"我想我差不多是条废咸鱼了""每天都颓废到忧伤"；最爱唱的歌是《感觉身体被掏空》；最爱摆的姿势是"葛优瘫"；最标配的形象就是电影《本命年》里梁天那段自白："活着怎么就那么没劲，上班没劲，不上班也没劲；吃饭没劲，不吃饭也没劲；搞对象没劲，不搞对象也没劲。怎么就那么没劲！"概而言之，这是一种不想工作、漫无目的、情绪低迷、欲望低下，只想麻木地活下去的颓废心态。

上海一个繁华的商业中心悄然开了一家名叫"特别丧"的奶茶店。黑色店面阴冷沉郁，服务员无精打采。贴在墙上的饮品单，更是让人心头发凉："你的人生就是个乌龙玛奇朵""加班不止加薪无望绿茶""加油，你是最胖的红茶拿铁"，还有"没希望酸奶""负能量奶茶"……居然生意红火，一些年轻人排起百米长队，甚至花钱雇人排队，只为买到一杯"丧茶"。这也是"小确丧"文化的一个典型标本。

年轻人为什么会从"小确幸"走红变成"小确丧"当道？媒体和专家们有很多解读，基本上可分为两大类：一是认为这是对铺天盖地鸡汤文化的一种逆反心理，是以自嘲与反讽来排解压力的方式，是青年人好奇求变的一种思维反映；二是认为这是对前途无望的一种抱怨，是对生活无奈的一种哀叹，是无所作为人生观的消极反映。不管是哪种情况，"小确丧"的基本格调都是灰色的，颓废的，哀伤的，负能量的。如果属于第一种情况，倒还问题不大，假以时日，静观其变，青年人自己就会调整出来，重新振作精神，走上正轨；如果属于第二种情况，青年人对"丧文化"信以为真，受"小确丧"意识蛊惑影响，不仅会变成心理问题，发生信仰危机，扭曲自己的人生之路，而且再互相影响，发酵放大，形成舆论氛围，极有可能会带来一系列社会问题。

当然，"小确丧"的异军突起，还主要是一二线城市少数青年人之所为，既不能大惊小怪，当成什么可怕怪物，洪水猛兽，也不能掉以轻心，放任自流。还是要引起重视，加强舆论引导，思想教育，营造积极向上社会氛围，最主要的是要深化改革，革除积弊，给青年人提供更多公平竞争、施展才华的机会，让他们用创业的激情，奋斗的汗水，来冲刷颓废、灰暗、惰性的泥垢，品尝生活的"小确幸"和成功的"大确幸"，那些无病呻吟暮气沉沉的"小确丧"，自然也就没了市场。

杜预的"小算盘"

杜预，西晋时期著名的政治家、军事家和学者，文武全才，文能著书立说，著有《春秋左氏经传集解》及《春秋释例》等，武能屡立战功，是灭吴统一的主帅之一，被晋武帝授"征南大将军"，他也是明朝之前唯一一个同时进入文庙和武庙之人。

但他有个毛病，虚荣心太强，过于看重、追求功名，曾对人言：只求功名留世，不求道德圆满。到了晚年，此心尤甚。他生怕后人不知道他的功劳，埋没他的大名，在生前请人为自己刻了两座功名碑，碑文上刻有他的文武功绩。然后将一座碑立于岘山之巅，另一座碑则沉于汉水之底。他的小算盘打得挺好，哪怕将来发生天塌地陷，沧海桑田，高山与江底互换位置，总会有一座碑石，存留于世，为我扬名。

没想到，这恰恰成了他辉煌一生的败笔。唐代温庭筠、张九龄，宋代陆游、范成大的诗文中，都写有对杜预沉碑的贬义诗句。其中，以范成大的嘲讽之意最为直接。他在《读史》诗文中写道："汗简书青已儿戏，岘山辛苦更沉碑。"陆游在《题城侍者岘山图》一诗中，则为杜预当年之举而感叹："汉水沉碑安在哉？千年岘首独崔嵬。"

不过，正所谓"秦桧还有三个朋友"，也有人赞同杜预的功名观点。东晋的权臣桓温就留下"不能流芳百世，宁可遗臭万年"的"名言"，他野心勃勃，阴谋篡权称帝，也知道自己干的事不光彩，在道德上站不住脚，但为了功名留世，不管不顾，豁出去了。可惜，天不假年，他还没来得及干遗臭万年的事，就一命呜呼。聊以自慰的是，他的那句名言倒是常为后世那些不择手段谋取名利的无耻之徒所引用。

还有一个打小算盘想出名却弄巧成拙的主。清人庄廷珑，一方豪富，家产无数，还想附庸风雅弄个文名，花重金买了一部同乡朱国祯的手稿《列朝诸臣传》，署上自己姓名，直接刻印发行。结果因书中多有影射清朝的语言，被人告发，不仅庄廷珑全家被诛杀、充军，凡校书、刻书、卖书以及书中牵连人名者一律丧命，多达七十余人。就因为庄廷珑的小算盘，一下子搭进去这么多条人命，令人唏嘘不已。

好名之心，老外也不遑多让。古希腊时，一个想出名都想疯了的家伙，干了很多吸引眼球的事，但还是没有达到出名目的，仍是默默无闻，最后，为出名居然地把希腊最宏伟的神庙给烧毁了。痛心之余，大家约定，既然这家伙是为出名而烧神庙，那就一定不能让他的小算盘得逞，因而相约，谁也不提他的名字，不在记录历史的书上写他的名字，所以，到现在我们也不知道那个烧神庙的歹徒的名字。

人都想生前出名，身后留名，这无可非议，但绝不能搞邪门歪道，靠"搏出位"来吸引眼球。那种不走正道的出名，一是不能持久，来去匆匆，就像美丽的肥皂泡，一旦破裂啥都没有；二是即便出名也是臭名、骂名。君不见，秦桧爆得汉奸卖国贼大名后，不仅国人皆骂，千夫所指，还有后世秦姓读书人到杭州岳飞墓前喟叹"人自宋后羞名桧，我到坟前愧姓秦"。这样的出名，上辱祖先，下累后人，还是不要为好。

还有一点，好名之心不能太盛，倘若此心过热过旺，则容易失了分寸，少了平常心，干出让人耻笑的蠢事、傻事。譬如杜预，本来依他的文功武绩，无论如何都会史上留名，但他画蛇添足的小算盘，反而使大家小瞧他了，坏了名声。如今，杜预的"立碑"与"沉碑"之举，早已成了名人雅士茶余饭后插科打诨的笑料，而他的赫赫功劳反被大伙淡忘了，这可真是弄巧成拙，适得其反。杜预倘若地下有知，不知该有多懊悔。

"滴水"与"涌泉"

"滴水之恩，须当涌泉相报"，是古人留下的一句老话，其用意甚佳，激励人们多做善事，将来好人必有好报。但这话也有两点缺憾，一是用语明显过于夸张，施恩与报恩之比例差之过大，现实生活中能做到投桃报李就不错了；二是此乃"小概率事件"，也就是说这种事很少。但很少不是没有，出现个一件两件，就够大伙议论上好长时间的。

古人漂母，也就是替人洗衣服的妇人，给饥肠辘辘的韩信吃过几回早餐，估计也就是半个窝头一个炊饼的分量，可能最多值半个铜钱，是典型的"滴水之恩"。后来，韩信发达了，被封王封侯，不忘昔日之恩，赠漂母千金，堪称"涌泉相报"。东坡曾诗赞："虽知灯是火，不悟钟非饭。山僧异漂母，但可供一荒。"如今，漂母墓、漂母祠仍在淮安境内，香火兴旺。

今人马云，1980年大学读书时曾得到澳大利亚人肯·莫利的200美元资助，也就是"滴水"的分量，他一直念念不忘。2017年7月，马云亲赴澳大利亚来圆自己的感恩梦，他以马云和莫利之名，在肯·莫利的母校纽卡斯尔大学设立名为"马–莫利"的2000万美元奖学金计划，成为该校史上收到的最大规模捐赠。200美元和2000万美元相比，也就是"滴水"与"涌泉"的比例。

美国人约翰·布朗，为妻子治病来到中国看中医。其时，他由于四处求医，无心打理公司，遇到暂时资金困难，囊中羞涩，已无力支付在北京为妻子看病时请的一个翻译的薪酬，但那个小伙子在没有报酬的情况下，继续热情为他服务一周，完成了全部疗程。三年后，已大学毕业正愁着找工作的小伙子，突然收到一封来自美国的聘书，正是那个老外约翰·布朗的，说：我现在想在北京办一个分公司，聘请你为代理人，报酬是每月8万美金。天上掉馅饼，小伙子都快乐疯了。这又是一个"滴水之恩须当涌泉相报"的故事，看来知恩图报是全世界人民都认同的美德。

施人以滴水之恩，是很容易的事，花钱不多，费力不大，多属举手之劳，可对你是"滴水"，对他人就可能是雪中送炭，是解燃眉之急。没有漂母的窝头接济，韩信就可能饿死；没有莫利的200美元资助，马云的大学或许读的就没那么顺畅；没有那个北京小伙的无私相助，约翰·布朗的就医就可能遇到困难。所以，见人有难时，能帮忙时就多点热心，能资助时就多点善心，谁知道你碰到的是不是未来的韩信、马云？

当然，施恩与人时功利心不能太强，如果做一点善事就老想着将来会收获"涌泉相报"，一是降低了自己的境界层次，有些俗不可耐；再者说，"涌泉相报"的事在现实生活中少之又少，总惦记这事是会令你失望的。毕竟，被救助者就是想"涌泉相报"，也是有条件限制的，像马云那样一把就拿出2000万美元的人太少了。做好事、善事时还是要只求心安，不图回报的为好。

"滴水"与"涌泉"的故事，多有传奇色彩，说起来热闹，做起来困难，即便是真的，也无法普及推广，毕竟"滴水"好找，"涌泉"难寻。

而相对比较对等的施恩报恩关系，如"投我以木桃，报之以琼瑶"，似更可行，更接地气，也更合乎世人的价值观，如果人人都能做到这一点，知恩图报，也别说什么"涌泉"了，能投桃报李就难能可贵，那社会的文明层次就能上个不小的台阶。

你的偶像是谁?

过去我们总以为偶像是年轻人的事,与中老年无关,其实不然。既然偶像是崇拜的对象,那么在任何一个年龄段都会有自己崇拜的人,只不过不同年龄偶像的类型不大相同罢了。央视调查节目推出一个关于偶像的话题,并采访了一批名家,汇集了他们对于偶像的看法,内容丰富多彩,颇能给人启迪。

孩提时代,崇拜有权威的人。孩子们的偶像多是幼儿园的老师,街上的警察,邻居打架厉害的大哥,还有自己的父母。童话大王郑渊洁说,父母在我心中的偶像地位无人能及。影视明星林永健也表示,父亲教会我做人的道理,是我的偶像。

青少年时,仰慕英雄豪杰,文艺明星。演员郭凯敏崇拜董存瑞:他的英雄形象给我勇气。学者于丹则最喜欢杨子荣,因为他是样板戏中凯旋的英雄。歌星陈楚生谈到心中偶像说:因 beyond 我才有了当歌手的梦。作家蒋方舟的偶像是阿尔贝·加缪:他是名副其实的文学天才。

人到中年,容易崇拜那些事业成功者,如著名作家,国学大师,强人领袖、工商巨擘等。学者纪连海的偶像是童第周：他的"不服输"精神让我受益终生。因《百家讲坛》成名的王立群说，成功离不开偶像王宽行教授。著名作曲家印青谈到偶像毛泽东说，看他的战例会特别激动。

即便进入老境，白发苍苍，依然心中会有偶像。年过花甲的《三联书店》总编辑李昕谈到自己的偶像，是《钢铁是怎样炼成的》里的保尔。年逾古稀的剧作家陆天明谈到偶像时说，俄国十二月革命党人的精神一直在激励着我。当然，有的人的偶像会随着年龄变化而变化，有的人则会一辈子崇拜一个偶像。

可能也有人会说：我没有偶像。这有两种情况，一是自己活得糊里糊涂，根本没有生活目标，没有效法榜样，走到哪儿算哪儿，得过且过，做一天和尚撞一天钟。二是自己确实了不得，功成名就，没必要再去崇拜别的偶像，就像台湾作家李敖说的那样："我要想崇拜谁就照照镜子。因为，我是五百年里华语写作最好的作家。"当然，他这话一半是自信，一半是炒作，不必太当真。

人为什么要偶像？因为偶像都是阳光的，充满正能量，事业及其成功，具有极大人格魅力的。因而，偶像是人生奋斗的路标，会引导我们刻苦学习，努力工作，实现有价值的人生；偶像是事业成功的灯塔，会昭示我们如何卧薪尝胆，自强不息，踏上成功的彼岸。著名科学家钱学森的偶像是其老师、火箭专家冯·卡门，钱学森又是成千上万科技工作者的偶像。文化界也是如此，哥伦比亚作家马尔克斯是莫言的偶像，奥地利作家卡夫卡是马尔克斯的偶像，德国散文家尼采是卡夫卡的偶像，德国哲学家叔本华是尼采的偶像。

历史就是这样，"江山代有才人出，各领风骚数百年"。一部人类史，从某种意义上来说，其实就是许多偶像级人物在争奇斗艳，标新立异，并引领着民众不断前行，创造新财富，开辟新境界。面对偶像，人们往往持两种态度：一种是匍匐在偶像脚下，永远仰视，无限崇拜，不敢平视；一种是先仰视，继而平视，最后可能是超越后的俯视。譬如钱学森就超越了偶像冯·卡门，马尔克斯就超越了偶像尼采，尼采则超越了偶像叔本华，而莫言正在超越偶像马尔克斯。人类历史就是这样，那些敢想敢干的有为之士，大胆站在偶像的肩膀上，崇拜，模仿，借鉴，创新，一代超越一代，不断创造新的奇迹，又不断推出新的偶像，这样，才有了历史百花园的姹紫嫣红，满园春色。

我们需要偶像，但不是为了造神，而是用来效仿，也是用来超越的。

"还想"与"还得"

情感专家问一老农：爱情和婚姻的区别是什么？老农说：很简单，你今天和她吃饭了，明天还想和她吃饭，这就是爱情。你今天和她吃饭了，明天还得和她吃饭，这就是婚姻。专家诧异又崇敬地望着老农说：这可是我研究了几十年的课题啊，您却一语道破，看来高人真在乡野，佩服佩服！

佩服之余，如果以此类推，举一反三，我们不难得出时间诸多"还想"与"还得"的种种区别：

今天上班了，明天还想上，这是事业；今天上班了，明天还得上，这是职业。

今天一块喝酒了，明天还想喝，这是朋友；今天一块喝酒了，明天还得喝，这是客户。

今天吃过了，明天还想吃，这是美食；今天吃过了，明天还得吃，这是家常饭。

今天写作了，明天还想写，这是充满激情的文学创作；今天写作了，明天还得写，这是为养家糊口混稿费。

今天游山玩水了，明天还想玩，这是旅游；今天游山玩水了，明天还得玩，这是导游。

今天数钱数得手指疼，明天还想数，这是为自己理财；今天数钱数得手指疼，明天还得数，这是为他人管账。

今天抱孩子，明天还想抱，这是父母；今天抱孩子，明天还得抱，这是保姆。

今天跳舞，明天还想跳，这是街头大妈；今天跳舞，明天还得跳，这是舞蹈演员。

今天上网，明天还想上，这是网迷；今天上网，明天还得上，这是网管。

大千世界，芸芸众生，不管愿意与否，人人都会面临"还想"与"还得"的现实选择。"还想"是意愿，"还得"是义务；"还想"是享受，"还得"是职责；"还想"很重要，"还得"更普遍；"还想"很刺激，"还得"很无奈。

三国时，诸葛亮为刘备当军师，今天设一计，明天还想出一谋，乐此不疲，甘之如饴；关云长被羁曹营，今天打一仗，明天还得打，苦不堪言，疲于奔命，身在曹营心在汉。

民国时，齐白石进入创作旺年，今天画了，明天还想画，"不教一日闲过"，每日须得家人劝阻方可歇笔；徐悲鸿为离婚补偿蒋碧薇100幅画作，今天画了，明天还得画，创作变成毫无激情的熟练劳动，郁闷之极，痛苦不堪。

理性睿智的人，面对"还想"与"还得"的矛盾，多能妥善处置，竭力把"还想"与"还得"分得清楚，拿捏好分寸。在"还想"的事情上尽情挥洒青春，施展才能，一逞平生；同时也能在"还得"的事情上尽职尽责，不失礼仪，让人挑不出毛病来。而那些意气用事的人，则往往头脑发热，斗气使性，把"还想"与"还得"混为一谈，搞得乱七八糟，一地鸡毛，最后无法收拾。

当然，如果一个人真能把"还想"与"还得"有机融为一体，譬如把爱情保持在婚姻的全过程，使职业与爱好相一致，把工作当成事业干，那肯定是最幸福的。但难度极大，非一般人所能为，只能是"虽不能至，然心向往之"。

用好天赋

天赋，又称天资、天禀，词典上的解释是：先天就具有的才能智力和特点。姚明身高过人，具有打篮球的天赋；菲尔普斯脚大手大，则具有游泳的天赋；帕瓦罗蒂嗓子好，音质纯，具有歌唱家的天赋；聂卫平反应敏捷，记忆力惊人，具有下围棋的天赋，李白文思泉涌，过目成诵，具有写诗的天赋。他们都最大限度地用好了自己的天赋，所以都跻身于成功者的队伍，成了所在领域里的佼佼者。

譬如姚明，身高两米多，天赋过人。不过，姚明拥有今天的成就，并不仅仅是天赋使然，就像他自己说的："我是有一些天赋，可是我把自己的天赋最大化了。"的确，世界上有姚明那样天赋的人不少，但像他那样成功的人却并不多，姚明在用自己的成功实践告诉我们，一个人该怎样用好自己的天赋。

首先，要善于发现天赋。有些天赋是显性的，像姚明，往那儿一站，就是个打篮球的料；有些天赋则是隐性的，要靠发现，靠挖掘。父母师长要善于慧眼识珠，发现孩子和学生的天赋，有天赋者自己也要有足够的悟性，知道自己的长处何在。音乐神童莫扎特，仅靠耳濡目染，一岁时就对音乐节拍特别敏感，三岁即能登台表演钢琴，四岁即能作曲，后来他的父亲对他着意培养，使他的天赋充分发挥，成为一个伟大的音乐家。而从小就身高过人的姚明，一开始就被教练看好，得到重点培养，细心雕琢，终成大器。

其次，要用对天赋。平心而论，有天赋的人很多，但真正用好天赋，借助天赋大获成功的人却有限。既然天赋来之不易，就一定要用在正当的地方，发挥积极作用。头脑聪慧，博闻强记，智商特别高者，最好去搞科研攻关，如果用来赌博，"出老千"，那就用错地方了；肌肉发达，爆发力超人者，可去搞竞技体育，为国争光，如果用来打人撒野，耍蛮逞横，那就是暴殄天物；口才出众，能言善辩者，可去当老师、当律师、当主持人，倘若用来吵架撒泼，尽管也能"技压群雄"，但只能让人感到可悲。

还要最大限度地放大天赋。根据用进废退的原理，天赋也是有弹性的，越用越多，越用越发达，而老是闲置不用，也会退化萎缩。所以，天赋是一把双刃剑，有天赋的人，起点高，悟性强，可以轻而易举获得成功；但也容易轻浮慵懒，恃才傲物，就像龟兔赛跑里的兔子，有时候还就偏偏落在乌龟后边。看看姚明是怎样最大限度地放大自己的天赋吧：一是刻苦训练。从 NBA 菜鸟变成敢于在赛场上挑大梁的主力，从竹竿型身材到肌肉型巨人，他付出了超常的努力，流了成吨的汗水。二是严格自律。姚明深知，无节制的烟酒和夜生活是运动寿命的大敌，所以，他除了偶尔在好朋友的婚礼上喝杯酒，拒绝任何恶习，使自己一直保持良好状态。反之，我们国内男足也曾有不少有天赋的球员，小有成就便放纵自己，沉湎于烟酒和不健康的生活方式，结果早早就结束了运动生命，十分可惜。

一般来说，搞体育和搞艺术的特别强调天赋，其实，行行业业，有天赋的人也总是容易脱颖而出，大放异彩。当然，没有天赋的人也能通过后天的努力获得成功，虽然几率偏低，投入较多，事半功倍，就像《士兵突击》里"不放弃，不抛弃"的许三多。正因为天赋是稀有金属，来之不易，一定要用好用够。但愿所有天赋之花都能结出成功之果，是老虎就啸叫山林，是雄鹰就搏击长空，各得其趣，不负苍天。

色心与色胆

　　古人有两句很经典的诛心之论："万恶淫为首，问迹不问心，问心自古无完人；百善孝为先，问心不问迹，问迹贫贱无孝子。"意思是说，色心人人有，只要他没有色胆，没有付诸行动，就都是正人君子，如果要求人家连一点色心都没有，终日心如枯井，见到美色也无动于衷，那任谁也做不到。

　　倘若顺着这句话再往深里问，孔圣人做到了没有？恐怕谁也不敢给他打包票，因为他也是有七情六欲的人。近日，《孔子》电影剧组就接到孔子后人一封信，要求删除关于孔子见南子一场戏，因为南子是个放荡美女，孔子见她，影响不好，有损孔子形象。要按历史记载，南子是隔着纱帘会见孔子的，孔子连南子到底长什么样子都没看清楚，两人什么事都没有，也不可能有，回来后还被众弟子误会，逼得老夫子不得不对天起誓。

　　平心而论，孔子对性爱问题的认识是很通情达理的，他说"饮食男女，人之大欲存焉"，又说"吾未见好德如好色者也"，也就是说他也承认绝大多数人都是很好色的，追求美色的积极性远远高于追求美德的积极性。而远不像后来的朱熹那样虚伪，一边说要"灭人欲，存天理"，一边放纵自己，私生活极不检点，庆元二年十二月，沈继祖弹劾朱熹，其第六条就有"诱引尼姑以为宠妾"，"家妇不夫而孕"的话。

从根子上来说，频繁地寻求外遇、刺激，占有更多异性，是动物性的表现，其差别就在于，动物是靠激烈的打斗竞争而获得妻妾成群，人则多半借助于权力和金钱来达到纵欲目的。罗马皇帝后宫美女无数，可皇帝还要出去猎艳寻欢，乐不思蜀。皇后想了个办法规劝他，亲自下厨给他做了十道一模一样的菜，只是用十个颜色不同的盘子盛着。皇帝一开始还吃得很高兴，后来才觉得味道都差不多，就是盘子不一样。皇后顺势开导他说，这天底下的美女也像我做的菜一样，味道实际差不多，不过"盘子"不一样罢了。

我有一个作家朋友，风流倜傥，才华横溢，身边总围着几个红颜知己，酒桌上讲荤段子也一套一套的，大伙都以为他肯定外边"彩旗飘飘"，婚外情丰富多彩。一次，他酒后吐真情说，我也就是嘴上热闹一下，有色心无色胆。虽也曾想过找个情人，来个一夜情，但想到这事成本太高，天天提心吊胆，草木皆兵，万一事情败露，家庭破裂，妻子反目，孩子受影响，自己名誉受损，就更得不偿失。犹豫再三，就又缩回去了，能一直洁身自好，就是因为胆小。听了这番表白，几位朋友也心有戚戚地举起酒杯说，来来来，为你的胆小浮一大白！

孟子曰："食色，性也"。弗洛伊德也说过，性本能冲动是人一切心理活动的内在动力。色心，既然人人都有，圣人尚且不免，那我等也就别难为自己，连想都不敢想，其实偶尔做做白日梦，搞个精神会餐，想想梦中情人，只要不过分沉湎于此，从心理疏导的角度来说，不无益处。至于色胆，还是没有或小一点为好，每当色胆有所膨胀、蠢蠢欲动时，我们不妨想想其后果之可怕，麻烦之无穷，成本之高昂，于是，就会"发乎情，止乎礼"，成为一个准柳下惠。

"笨花" 不笨

长篇小说《笨花》的作者铁凝，写作态度一向非常严肃，她说："写作的过程是不断反省自己的过程。如果不改 5 遍以上，作品我就不敢往外拿。"为写《笨花》，她整整花了 6 年时间，一再删削改撰迟迟不敢送稿，这在当代作家中是不多见的。因为她"希望自己有耐心'笨'下来"，作家陈祖芬也谑称她为"笨花"。正因为肯下笨功夫，精雕细琢，不怕别人说自己笨，平心静气，《笨花》成了铁凝最好的长篇。出版后好评如潮，洛阳纸贵，多次再版，遍拿各种文学奖。实践证明，笨花不笨。

文学界"笨人"很多。新科茅盾文学奖得主刘震云也是一个，虽然他二十多岁就成名了，大作迭出，部部精彩。但他在新浪网站接受采访时说："我最大的聪明是知道我自己笨。"写完《我叫刘跃进》后，他谈到自己的创作体会："我是一个比较笨的人。但笨人有笨办法，笨鸟先飞。当对一个看法出现自我分歧的时候，可能有三种写法比较好，聪明人可能一下子知道哪一种是最好的，但我不知道，仨都要试，都写出来，可能试出一个好的，也可能发现第四种。自我表扬的说法是勤奋。"

科学界笨人更多。爱因斯坦不善言词，不爱交往，喜欢一个人呆呆地坐在那里思考问题，上小学时老师和同学都不喜欢他。教他希腊文和拉丁文的老师对他更是厌恶，曾经公开骂他："爱因斯坦，你长大后肯定不会成器。"而且因为怕他在课堂上会影响其他学生，竟想把他赶出校门。没想到他后来竟然成了与牛顿齐名的大科学家。杨振宁搞科研，也是靠笨功夫成功的。当时，他连续几个星期、每天十几个小时泡在实验室里是家常便饭。正是年复一年的努力，夜以继日的苦干，才使他最终脱颖而出，与李政道一起，获得了诺贝尔奖物理学奖的殊荣。因而，他给来索字者经常题词"宁拙毋巧"，这既是他的成功之道，也是他的经验之谈。

军营里更是笨人最集中的地方。《士兵突击》里，笨兵许三多，凭着"不抛弃，不放弃"的笨劲，勤学苦练，笨鸟先飞，成了十八般武艺样样精通的特种兵。现实生活中，南京军区某部士官何祥美，文化不高，也谈不上多聪明，就是靠冬练三九，夏练三伏，晴天一身汗，雨天一身泥，成了陆海空三栖精兵。2010年1月，中央军委授予何祥美"爱军精武模范士官"称号，年底，当选"2010感动中国人物"，颁奖辞这样写道："百折不挠，百炼成钢，能上九天，能下五洋，执著手中枪，百步穿杨，胸怀报国志，发愤图强。百战百胜，他是兵中之王。"何祥美就是现实版的许三多。

所谓笨人，其实有两种，一种是真笨，反应迟钝，理解缓慢，学啥啥不会，干啥啥不行，再练也练不出来，那是智商有问题，没有什么潜力可挖，要想事业成功确实很难。再一种是假笨，他们智商没问题，天赋也不错，反应很机敏，但不肯投机取巧，不肯弄虚作假，不愿走捷径，不屑找门路，而宁可老老实实做人，踏踏实实干事，慢慢积累，水滴石穿。这种笨人，应当叫大智若愚，看似愚笨，实则是绝顶聪明，看似缓慢，最后走得最远的就是他们，铁凝、刘震云、杨振宁、何祥美等，都是其中佼佼者。

还说铁凝，她的"笨"，似乎是一贯的。当年高中毕业，她就做出了一个"最笨"的选择，放弃当文艺兵、上大学和城里工作机遇，主动去农村种地、推车卖豆腐长达4年。可就是这4年，为她实现"当作家的妄想"积累了丰富创作素材，没有这4年的积累和实践，就不会有她后来的《笨花》等著作问世，就没有她今天的事业辉煌。

"笨花"不笨，铁凝是一个最好范例。

智者的选择

　　法国思想家卢梭年轻时只身闯荡巴黎，他创作的歌剧《乡村卜师》在公演后大获成功，国王观看了演出，给予很高评价。第二天，使臣来到了卢梭住所，宣布国王要召见他，并且要赐给他一份丰厚的"年金"。这对于四处奔波、捉襟见肘的卢梭来说不啻于天大福音。可谁也想不到卢梭却断然拒绝了。理由是："那笔可以说是到手的年金，我是丢掉了；但是我也就免除了年金加到我身上的那副枷锁。有了年金，真理完蛋了，自由完蛋了，勇气也完蛋了。从此以后怎么还能谈独立和淡泊呢？一接受这笔年金，我就只得阿谀逢迎，或者噤若寒蝉了。"（见《忏悔录》）

　　人生总要面临许多选择，选择就意味着有所为有所不为，在"鱼与熊掌""义与利""忠与孝"无法两全其美的时候，选择就意味着要有所放弃。在选择与放弃之间，就能看到一些仁人志士人格之伟大，精神之高尚，胸怀之坦荡，追求目标之宝贵。

　　《赵氏孤儿》里，公孙杵臼选择了赴死救孤，舍生取义，程婴选择了立孤报仇，忍辱负重，两个人人格同样伟大，最后也都青史留名；古希腊思想家苏格拉底选择了言论自由，放弃了宝贵生命，"宁鸣而死，不默而生"，用鲜血和生命为言论自由铺下了一块重要基石；美国独立战争总司令华盛顿，胜利后选择了急流勇退，放弃了唾手可得的君临天下，给美国民主制度带了个好头；国学大师陈寅恪选择了"独立之精神，自由之思想"，因而放弃了炙手可热的官位和优厚的物质待遇；著名学者钱锺书选择了寂寞，放弃的是喧嚣与热闹，成就的是他的学问和事业；英国的温莎公爵选择了爱情，放弃了江山，留下了不爱江山爱美人的千古佳话。

龙年春晚，炙手可热的大腕赵本山选择了退出，也不失为明智之举。其理由大体有三，其一是身体受不了。前两年，他发过一场大病，伤了元气，至今未恢复，据媒体透露，赵本山第一次亮相彩排时，一度需要吸氧，靠徒弟搀扶走路。其二，艺术是有规律的，明星底蕴也是有限的，每个明星东西就那么多，绝活就那几样，如果硬撑下去，"过度消费"，肯定会掏空自己，江郎才尽，甚至露馅、出丑、贻笑大方。这几年来看，本山的春晚小品已呈每况愈下态势，显得力不从心，廉颇老矣。如硬要坚持下去，对本山的声誉，观众的眼球，春晚的质量，都是不负责任的。其三是有利于推出新人。没有红一辈子的名人，本山的退出正好可以给新人腾位置，加担子，让他们有更多锻炼机会，好接班上岗，这也是功德无量的好事。

当然，失败的选择也不少。《圣经》中，以扫选择了红豆汤，放弃了长子继承权，结果后悔莫及；希腊神话里，派里斯王子选择了美女，放弃了智慧，于是他得到了最美的女子海伦和十年特洛伊战争，他自己也死于非命；辛亥革命后，袁世凯一手遮天，他也面临着两个选择，一是当中国华盛顿，推进共和，施行民主，这是可以流芳百世的，二是面南而坐，黄袍加身，复辟当皇帝，注定要遗臭万年，可他却偏偏选择了后一条路，结果当了八十三天短命皇帝，在千夫所指中可耻地死去；日军逼近北京，大批教授、学者选择南下，过颠沛流离的生活，周作人却贪图享受，害怕艰苦，选择留京，结果成了可耻的文化汉奸……

选择与放弃，就像行车的十字路口，会不时出现在生命的旅途上，等着人们做出决断。能不能做出正确、明智的选择，人生大智慧往往就体现在这里。

淡定

淡定，是近年来颇时髦的一个词，但作为一种情怀和境界，却是古已有之。

苏轼有一首词《定风波·莫听穿林打叶声》："莫听穿林打叶声，何妨吟啸且徐行。竹杖芒鞋轻胜马，谁怕？一蓑烟雨任平生。料峭春风吹酒醒，微冷，山头斜照却相迎。回首向来萧瑟处，归去，也无风雨也无晴。"读来读去，我读出了两个字：淡定。

东坡对自己的淡定是很自信的，一生坎坷，几经沉浮，就是靠淡定情怀才没有被打垮，而且活得相当潇洒。不过，还有比他更淡定的。一天，东坡坐禅，茅塞顿开，悟出"八风吹不动"一语，非常满意。忙遣书童把字送到江对岸的老和尚佛印那里指正。佛印看后，在下面写了一个屁字。苏轼不由恼火，过江来评理。佛印一笑，又添几字，成了"一屁过江来"。看来，苏轼在淡定上比佛印还差一截子。

所谓淡定，就是指面对危险和被动局面，能"泰山崩于前而面不改色，麋鹿兴于左而目不瞬"的镇定程度。昔日，诸葛亮面对司马懿大军压境，镇定自若，方寸不乱，别出心裁地唱了一出"空城计"，化险为夷，留下千古美谈。有一次，印度外长克里希纳在联合国发言时，念错了稿子，底下引起一片骚动，那是相当的尴尬。可克里希纳却镇定自若，微微一笑，颇有大将风度地说：啊，文件太多，忙中出错，看来文山会海真是害死人啊！淡定的一句话就巧妙地化解了被动局面，台下传来了善意的笑声和掌声。

淡定，也指在名利诱惑面前不为所动的淡泊精神，得之淡然，失之泰然。太史公有言："天下熙熙，皆为利来，天下攘攘，皆为利往。"乾隆问和珅：运河上千帆竞发，船来船往，都运的是什么？和珅答曰：一为名，一为利。可见，自古及今，能轻名利者不多。东汉将军冯异算是一个，他为人谦逊低调，每当宿营时，将领们就坐在一起争功，冯异却常一个人躲在树下休息，人称"大树将军"，他是在名前的淡定。东汉大臣甄宇也是一个，每年腊月祭祀后，皇帝要赏赐给博士每人一头羊。羊有大小肥瘦，很不好分，常引争执，甄宇就主动牵走了最瘦小的羊，人称"瘦羊博士"，他是在利前的淡定。

淡定，还指在胜败利钝面前从容不迫，胜不骄，败不馁。东晋时，淝水之战的捷报送到京城时，主帅谢安正与客人下棋。他拿过捷报阅过，便随手放在一边，不动声色继续下棋，就好像什么也没有看到一般。他是淡定如水，客人却忍不住了："前方战事如何？"他漫不经心地回答："孩子们已打败了敌人。"依旧从容安详。这便是他的心胸涵养，"不以物喜，不以己悲"，胜败都是过眼云烟。

淡定，还有面对生死的镇定自若。"千古艰难唯一死"，面对死亡仍能保持淡定，尤为难得可贵。金圣叹受"抗粮哭庙"案牵连而被朝廷处以极刑，泰然自若，临刑不惧，边酌边说："割头，痛事也，快事也；割头而先饮酒，痛快痛快！"嵇康遭人陷害，临刑前，神色不变，如同平常，还在刑场上抚了一曲《广陵散》。曲毕，叹息道："昔袁孝尼尝从吾学《广陵散》，吾每靳固之，《广陵散》于今绝矣！"说完后，嵇康从容地就戮。

时下，浮躁、浅薄、急吼吼、怒冲冲、一触即跳、斤斤计较，是许多人的典型性格特征，这就叫戾气。戾气太重，使人总处于紧张之中，幸福指数就会大打折扣。而淡定，能使过快的生活节奏舒缓下来，稀释剑拔弩张的戾气，还能减少人们对物质享受的过分欲望，更注重心灵的享受。有了淡定情怀，大家才能心平气和，轻看身外之物，直面灾害和困难，做到"宠辱不惊，闲看庭前花开花落；去留无意，漫随天外云卷云舒。"

第二辑　西窗闲笔

人要有点锋芒

中国传统文化儒、道、释三家，至少有两家半都主张做人要喜怒不形于色，切忌锋芒太露。所以，几千年来培养出无数玲珑圆滑，唯唯诺诺，谨小慎微，四平八稳的谦谦君子。

唐朝人苏味道，处世圆滑，模棱两可，从来不拿出自己的主见，含含糊糊，锋芒全无，人称"苏模棱"，居然能混到宰相高位。还是唐朝，娄师德身为宰相，却明哲保身，八面玲珑，从不露锋芒，不仅如此，他还教育将要赴任做官的弟弟："假如人家唾你的脸，不擦它也会自己干掉，应当笑着接受。"这两位之所以能一路顺利，位极人臣，大概就与从不露锋芒有关。

相反，敢露锋芒者，一般都难得善终。刘邦问韩信："你看我能带多少兵？"答曰："十万。"再问："你能带多少兵？"答曰："多多益善。"瞧，一点也不客气，丝毫不知收敛锋芒，虽说刘邦几年后才收拾他，其实这会儿已经对他起了戒心。宋高宗是个无能皇帝，秦桧又是个卖国宰相，人家一门子心思求和自保，岳武穆却要"直捣黄龙"，却要"还我河山", 却要"壮志饥餐胡虏肉, 笑谈渴饮匈奴血", 如此锋芒毕露, 又怎能躲过"风波亭"之劫?

武将锋芒太露固无好下场, 文人太露锋芒也难成善果。李太白潇洒飘逸, 恃才傲物, 终因锋芒太露而难以见容官场, 纵是明皇赏识, 贵妃垂怜, 也无法弄个一官半职。只好一生浪迹天涯, 与酒作伴, 自慰"天生我才必有用"。苏东坡一生豪放不羁, 才华横溢, 却屡遭磨难, 不仅官场受挫, 险遭杀头之祸, 就是在文化圈里, 也是非议四起, 竞相攻讦。何以如此, 其弟苏辙一语道破: "东坡何罪, 独以名太高。"的确, 正因为他"太出色、太响亮, 能把四周的笔墨比得十分寒碜, 能把同代的文人比得有点狼狈, 引起一部分人酸溜溜的嫉恨, 然后你一拳我一脚地糟践, 几乎是不可避免的。"(余秋雨《山居笔记》) 苏东坡, 又一个锋芒太露的牺牲品!

锋芒, 既然使那么多人身败名裂, 家破人亡, 于是就有"聪明人"去研究怎样才能远离锋芒。明代有个官员叫张干, 四朝元老, 人称不倒翁。有人向他请教, 怎样平息诽谤? 答曰: 无辨。又问, 怎样制止怨恨? 答曰: 不争。再问如何明哲保身? 答曰: 去锋。这的确是一个很好的自保之术, 不争不辩, 无怨无怒, 玲珑圆滑, 与世无争, 果如此, 官运不衰荣华富贵都是可以预期的。可是, 我们再换个角度想想, 如果人人都这样唯唯诺诺, 窝窝囊囊, 遇事不敢出头, 做事害怕承担责任, 社会还怎么前进? 倘若, 中国历史上少了韩信的十面埋伏, 少了岳飞的怒发冲冠, 少了李白的笑傲江湖, 少了苏轼的大江东去, 这历史不是也太郁闷太无趣太乏味了吗?

宋人张孝祥, 绍兴二十四年举进士第一, 上疏请昭雪岳飞, 为秦桧所忌。其好友劝其不该如此锋芒太露, 张回答得十分痛快: "无锋无芒我举进士干什么? 有锋有芒却要藏起来我举进士干什么? 知秦桧当政我怕他我举进士干什么? "这三问酣畅淋漓, 回肠荡气, 足以告慰古今一切锋芒之士, 当为此浮一大白。

干啥没压力？

这些年来，一些演艺明星因涉毒被曝光、刑拘、判刑后，自辩是因为"压力大，借吸毒减压。"对此，同是明星的陈道明发问："现代人谁没压力？难道只有你有压力？你压力有老百姓大吗？""演员，比普通老百姓挣得多、社会关注度高，要非说有压力，也是在名利场想出名、想风光的压力。用压力解释吸毒，纯属借口。"

明星的压力大，这也没啥奇怪。僧多粥少，机会有限，人人都想演男一号、女一号，自然免不了要相互博弈，各施拳脚；影帝、影后，好几年才评出一个，成千上万的明星都盯着呢，不使尽浑身解数，很难梦想成真，这压力也确实不小。就是拍戏也有压力，到了节骨眼上，吃不好睡不香，拍一次不行，还得再来一次，让哭就得立马挤出眼泪，让笑就得赶紧咧开大嘴。所以，曾有不少明星喟叹："演员真不是人干的，压力太大！"还有的发毒誓"决不让自己的孩子再干这一行"。

有道是"女怕嫁错郎，男怕进错行"，听那些感叹"压力太大"的明星之言，颇有"进错行"的悔恨之意，好像是干了世界上最辛苦最危险压力最大的工作。其实不是那么回事，干演员确有压力大的时候，可是成功后的鲜花掌声，大把金钱，豪宅名车，所到之处，万人空巷，也足以弥补其辛苦的付出了。还有明星在广告里莞尔一笑，就有几百万的进项，要不是干了"不是人干的"活，怎么会有这种机会？

再说，明星固然压力大，干啥压力不大？在外人眼里，作家很潇洒吧，风吹不着，雨淋不着，坐在家里瞎编一气，就能换来成堆银子，名利双收。可要让作家自己说，坐在电脑前，一敲就是十几个小时，累得腰酸腿疼，两眼发花；还得揣摩读者爱好，出版社的兴趣；晚上又一夜夜的失眠，天天如此，跟坐牢差不多。书好不容易写出来了，还得一家家找出版社，求爷爷告奶奶；万一没出版社接受，书稿卖不掉，他这半年一年就算白辛苦了。

当官风光吧，吃香喝辣，左右逢源，有权有势，威风八面，可要让当官的夫子自道，他是比谁都压力大。为官一任，造福一方，得出政绩吧；要想选票多，还得拉拢关系吧；想升迁，还得请客送礼讨好上司吧；再加上开不完的会，喝不完的酒，应付不完的检查，烦不胜烦的汇报总结，两眼一睁，忙到熄灯，要让他说，这活也压力山大。

依此类推，运动员看着潇洒吧，可他们要夏练三伏，冬练三九，晴天一身汗，雨天一身泥，弄不好就练出毛病了，而且如果出不了成绩，就要被淘汰，他的压力大不大？莘莘学子让人羡慕吧，可十年寒窗，悬梁刺股，苦学苦熬，考试频繁，还有做不完的课题，写不完的论文，这压力也不小……说来说去，真不知道这世界上什么活才是没压力的！

清人袁枚在《马嵬》诗中说："莫唱当年长恨歌，人间亦自有银河。石壕村里夫妻别，泪比长生殿上多。"实际上，百姓的压力比那些动不动就抱怨压力大的明星们要大得多。与普通百姓比，明星抱怨压力大，实在有些矫情，再以此为理由去吸毒，就更可耻了，法律也不会放过你。

不掺假的高度

当年，著名作家大仲马得知他的儿子小仲马投稿总是碰壁时，便对小仲马说："如果你能在寄稿时，随稿附上一封短信，说这是大仲马儿子的作品，或许情况就会好多了。"然而小仲马不但拒绝以父亲的盛名做自己事业的敲门砖，而且不露声色地给自己取了笔名。面对一张张无情的退稿信，小仲马没有沮丧，仍坚持创作自己的作品。他的长篇小说《茶花女》寄出后，终于以其绝妙的构思和精彩的文笔敲开了出版社的大门。《茶花女》出版后，法国文坛书评家一致认为这部作品的价值大大超越了大仲马的代表作《基督山恩仇记》。小仲马一时声名鹊起，红遍法国。后来编辑知道小仲马的身份后疑惑地问他："你为何不在稿子上署你真实的姓名？"小仲马说："我只想拥有不掺假的高度。"

人体的真实高度在一定时间里是个常数，但却可以通过各种"努力"来改变高度，制造一个虚假的高度，譬如穿高跟鞋，踩高跷，戴高帽等等，都可以提升自己身体的高度，所以，征兵、招飞、选美，体检都要求"裸高"——不掺假的高度。至于舞台上的女明星，大都穿着 10 厘米以上的高跟鞋，以显示自己的挺拔与苗条，这种掺假的身体高度尚且情有可原，爱美之心人皆有之嘛。

还有一种是学识水平的高度，同样也可以掺假，而且手段更多，比如攀援权贵，借助名人吹嘘，拉大旗当虎皮，自吹自擂，互相吹捧，抄袭剽窃，弄虚作假等，都可以表现出比实际高度要高的虚假高度。但那诚如《菜根谈》所言："苍蝇附骥，捷则捷矣，难辞处后之羞；茑萝依松，高则高矣，未免仰攀之耻。"像小仲马，如果借助父亲的盛名，作品肯定能更早更多地发表，"好风凭借力，送我上青云"，但这毕竟不是真实的高度，而且也难有大发展，一旦失去父亲的支撑，他就会原形毕露，跌回到原来的真实高度。

再有一种是工作能力的高度，也是可以给人以假象的，闪闪耀眼的学历，高高在上的职务，夸夸其谈的炫耀，都给人以能力高度的表现。但实际上，文凭不等于能力，职务也与能力不一定成正比，大话更与能力无关。所以，我们固可以看到许多能力出众、独当一面的领导干部，游刃有余地开展工作；也见过一些色厉内荏的官员，金玉其外败絮其内的"公仆"，决策乏术，领导无方，尸位素餐，辜负了党和人民的厚望。

身体的真实高度，主要是遗传的结果，是父母的功劳，且不去说它。水平与能力的真实高度，是需要艰苦卓绝的劳动、苦心孤诣的努力才能换来的，"不经风雨，难见彩虹"，没有哪个杰出人物的高水平高能力是随随便便得来的。作家小仲马的真实高度，是在一篇篇退稿的基础上成长起来的，得益于他的屡战屡败又屡败屡战；科学家袁隆平的真实高度，是用半个多世纪的奋斗拼搏换来的，是建立在增产的几千亿公斤杂交水稻的基础之上的；亚洲第一位大满贯女子单打冠军得主李娜的真实高度，是靠数十载的夏练三伏冬练三九换来的，是在一场场惊心动魄的比赛中杀出来的……

"水往低处流，人向高出走"，人人都渴望高度，羡慕那些成功者的真实高度，但如果我们一时水平有限，能力欠佳，真才实学还没有达到很高的高度，也绝不要投机钻营，弄虚作假，攀援附仰，因为那只会自欺欺人，早晚会出乖露丑。毕竟，一尺的真实高度，比一丈的虚假高度更有价值，也更可靠。

无用方得从容

有一次，我和朋友吃饭。席间，有位煤老板大谈其交友经：一交官员，靠其保驾护航；二交警察，交通违章、民事纠纷，靠其摆平；三交记者，干煤矿最怕出事故，记者朋友能帮咱捂住；四交医生，交个医生朋友看病方便，啥时候住院都有床位。发了一圈名片后，他又问我：您在哪里高就？我顿时"自惭形秽"，因为我这个教书匠对他来说肯定是个无用的人。

此后，我郁闷多日，也明白一个道理"人以类聚"，并决心以后再也不参加这些"有用"人的应酬了。这时，无意看到演员陈道明的一篇文章《无用方得从容》，他说："现在整个社会都得了'有用强迫症'，崇尚一切都以'有用'为标尺，有用学之，无用弃之。但这世界上许多美妙都是由无用之物带来的，一场猝不及防的春雨或许无用，却给人沁人心脾之感；刺绣和手工或许无用，却带给我们美感和惊喜；诗词歌赋或许无用，但它可以说中你的心声，抚慰你的哀伤……与其一味追求有用之物，不如静下心来，细细品味无用之物带来的静谧和美好。"陈氏高论深得我心，读完如清风袭来，顿觉心旷神怡。

　　的确，时下的社会，被"有用强迫症"害得不轻，人们一切唯"有用"是图，放弃所有"没用"的东西。交友要交有用的朋友，即以后能帮上忙的朋友，能利益交换的朋友；做事，要做有用的事，具体来说，就是要做来钱、扬名的事，结交权贵的事，有利"进步"的事；读书，要读有用的书，譬如《如何炒股》《职场36计》《营销108招》《公文写作秘诀》等，学了就能立竿见影，换成银子或纱帽。反之，对挣钱升职应聘没有直接帮助的书，都属于无用的书，如莎士比亚，尼采、萨特，李白、杜甫，孔孟、老庄、鲁迅、巴金，等等。结果，就使一些人变得急功近利、趋炎附势，成为赤裸裸追求利益的机器。他们与人交往，只遵循是否"有用"的考量与算计；做事行为，除了赚钱生利，别的都因"没用"而弃之如敝屣；为了"有用"，每日上蹿下跳，疲于奔命，钻墙打洞，不择手段。如果这样的人多了，成了气候，一味追求"有用"，舍弃"无用"，会让生活质地单一而坚硬，人与人的关系变得庸俗市侩，那样的社会将如荒漠一样可怕，想想都让人不寒而栗。

　　而且，与"有用"相关的事物都是要讲效益的，做事会考虑到投入产出，会算计利润成本，会有胜败得失考量；交友会盘算对方权柄大小，能量几何；读书会选那些立竿见影、马上换钱的书，人就始终处于紧张状态、亢奋状态、竞争状态，难得从容。而做那些"无用"之事，没有成败的压力，没有得失的衡量；交那些"无用"朋友，无相互利用之心，完全出于友谊；读那些"无用"的书，则完全出于兴趣于爱好，爱之可手不释卷，厌之可弃之不读。如此进退自如，急缓不拘，可以使我们的身心获得休息，紧张的神经松弛下来，幸福指数大大提高。

　　当然，不可否认，追求"有用"，始终是人类的最高价值标准，是社会进步的巨大杠杆，培养有用人才，学习有用知识，培训有用技能，发明有用产品，创造有用财富等，都无可非议，而且非常重要。这里反对的是一切唯"有用"是图，放弃所有"没用"的东西，过分的"物质主义"。因而，如果我们能在追求"有用"之余，时不时也做些"没用"的事，读些"没用"的书，说些"没用"的话，交些"没用"的朋友，虽无利可图，但会使我们的心温暖起来，生活丰富起来，精神从容起来，人生也变得诗意起来。

谁心里没有苦？

　　著名演员黄晓明，英俊潇洒，玉树临风，事业成功，爱情幸福，家资过亿，粉丝无数，可谓"万千宠爱集一身"。可谁知道，他心里也有不少心酸事，也苦得无以言表，说出来能吓你一大跳。在央视的《开讲啦》节目，他敞开心扉，讲述了生活中不为人知的另一面。

　　刚进电影学院时，他苦苦地暗恋一个女同学，结果被人家断然拒绝，说他"太胖""太土"，大伤自尊，心里很苦，很久都不再谈感情之事。演《上海滩》时，因为压力太大，突然得了抑郁症，情绪低落，无心表演，戏差一点拍不下去，后来才慢慢缓过劲来。有一段，他演艺生涯进入低谷，被人称"花瓶""二货"，自己也失去信心，哪儿都不敢去，有过多次自杀的冲动。拍戏时多次受伤，身上伤痕累累，对后半生充满忧虑。而且他很自卑："我觉得我不聪明，我没有别的方式方法可以让我成功，我不像周迅、孙红雷、黄渤都是天生有演技的人。"谁能想到，黄晓明这样一个阳光青年，顺风顺水，左右逢源，让无数的人羡慕嫉妒恨，居然心里还这么苦。

其实，人生在世，谁心里没有苦？谁都有过心里苦的时候，心里苦是人生不可避免的经历，也可能是人的必要财富。没有心里苦的人，很难成熟，心里苦是催生成功的最好肥料。

鲁迅先生，事业成功，人生圆满，道德文章誉满天下，嬉笑怒骂纵横天下。可是，他心里也有苦楚。母亲为他娶了一个他不爱的妻子，为了孝道和舆论，他还不得不接受，始终养着这个有名无实的妻子，他心里很苦。他钟爱的弟弟，受日本妻子的挑唆，与他翻脸，泼他一身污水，让他有苦难言，只有往肚子里咽苦水。他被人诬陷，说他的《中国小说史》剽窃日本作家，传的沸沸扬扬，使他名声严重受损，却又无法辩诬，心里苦到极点。只是他的自尊，不允许他像祥林嫂那样逢人就说，四处诉苦。

导演李安，事业辉煌，名震中外，是电影史上第一位于奥斯卡奖、英国电影学院奖以及金球奖三大世界性电影颁奖礼上夺得最佳导演奖的华人导演。但他的导演生涯也坎坷崎岖，一波三折。他想当电影导演，父母亲友都不支持，与家里闹翻，他心里苦。他漂洋过海，寒窗苦读，四处拜师，苦心钻研。可是"梦想很丰满，现实很骨感"，从导演专业毕业后，他一直没找到工作，居然连吃饭都成问题，在长达6年里，全靠妻子林惠嘉微薄的薪水度日。回忆起这段难熬的生活，李安说："我如果有日本丈夫的气节的话，早该切腹自杀了。"

再联想起来，余秋雨的《文化苦旅》曾屡屡被出版社退稿，他心里苦；俞敏洪三次高考才进了大学，又因在外代课被学校高音喇叭里点名批评，他心里苦；刘翔因伤两次退赛，谣言四起，结婚不到一年就离婚，非议四起，他心里苦；已过不惑之年尚待字闺中的几个美女明星，心里更苦……成功名人尚且如此，我们平常人心里苦的事就更多了，恋爱失败，夫妻反目，婆媳矛盾，家庭纠纷，炒股被套，经商亏本，求职无门，提拔无望等，件件桩桩都让我们心情郁闷，苦不堪言。

当年，金圣叹临上刑场，仍不改文人本色，给送行的儿子出了副对联，上联是"莲子心中苦"，下联是"梨儿腹内酸"。令人黯然神伤，不禁为之动容。人生无常，会经历很多"心中苦"与"腹内酸"，这也是没办法的事。有些心里苦，说出来可以排解舒缓，有些心里苦，就得自我吸收、消化。变心里苦为动力，别抱怨命苦，倒霉，谁的烦心事都不少，谁都有过心里苦，消化了就是养分，消化不了就会落下病。还是各自珍重吧。

干啥都会成瘾

世上的事，无论雅俗、好坏，干啥都会积习成瘾。成瘾，即指人对某类事物或东西的依赖性达到一定程度，极度痴迷，不可自拔。

有的人因对艺术痴迷成瘾而为一代宗师、泰山北斗，令人高山仰止。

齐白石因对画画成瘾而成为丹青大师，一天不动笔就难受，直到九十高龄还创作不辍。一天，风雨交加，他心情不好，没有作画，整日坐卧不安。翌日，一早起来，他就拿出文房四宝，泼墨绘画。一连画了四张条幅，直到午饭时间，他还在埋头作画，不肯休息。待画完最后一张时，他在画上题词道："昨日大风雨，心绪不宁，不曾作画，今朝制此补充之，不教一日闲过也。"

贾平凹因对写小说成瘾而成为著名作家，一年四季，几乎天天伏案写作，别人以为苦不堪言，他却乐此不疲。出道至今，他已有近千万字作品问世，且部部畅销，篇篇叫好。虽年已花甲，仍然创作激情不减。50余万字的《古炉》余温尚未消褪，40万字的《带灯》又滚烫而至。面对人们的交口称赞，他谦虚地把这种勤奋戏称，创作就好比母鸡下蛋，

"鸡不下蛋它憋啊"。

有的人则因恶习成瘾而一事无成，蹉跎岁月，甚至倾家荡产，身败名裂，被人嗤之以鼻。

那些吸食毒品的瘾君子，过去是抽大烟，现在是吸海洛因，一旦上瘾，结果就是卖房卖车卖地甚至卖老婆，任是多少家产也不够挥霍。赌博成瘾，危害也不小，一些赌红眼的赌徒，一听骰子响就坐立不安，非要往里扔钱不可。有的还不远千里，跑到澳门赌场去一掷千金，不把家产输光心里就不踏实。还有些赌瘾大的官员，拿着巨额公款去豪赌，结果血本无归，走投无路。还有那些贪贿成瘾的蛀虫，欲壑难填，收红包上了瘾，一日没有外快就难受，最后锒铛入狱，甚至处于极刑，令人扼腕叹息。

当然，更多的还是咱普通人因痴迷某项活动而成瘾，与人无碍，亦无伤大雅，无非自娱自乐而已。

我有个高邻老冯，对唱歌有瘾。退休后的十多年里，他几乎天天都要去公园唱歌，风雨无阻，雷打不动，比上班还准时。每天吃完午饭，小憩片刻，他就骑一辆电动三轮，拉着自备的音箱和手风琴去了公园，一直唱到黄昏才离去。不管人多人少，老冯的劲头都很足，有时天气不好，合唱组只有两三个人来，最"惨"的时候，我曾看到老冯一个人自拉自唱，也兴味盎然。

战友老秦，对跳舞有瘾。他原是个机械师，对跳舞特别有兴趣，到处拜师学艺，业余时间几乎都用来琢磨舞蹈了，当然，人家的舞也没白跳，漂亮老婆是跳舞跳出来的，一屋子奖杯是跳舞跳出来的。转业时，他干脆自谋职业，当了舞蹈专业户。他自己办舞蹈训练班，老婆开舞蹈服装店，他还经常给各地舞蹈大赛当评委，他编导和主演的舞蹈节目，不仅是省市电视台的常客，而且还时不时在央视露一小脸。现在，他一出场，人家都介绍他是"著名舞蹈艺术家"了。

此外，打牌会有牌瘾，下棋会有棋瘾，喝酒会有酒瘾，吸烟会有烟瘾，钓鱼会有钓瘾，做官会有官瘾，旅游会有游瘾，上网会有网瘾，只要无碍公德私德，不误工作学习，有点瘾不是坏事。如果你注意的话，会发现那些有瘾的人往往显得投入、充实，兴致勃勃，过得风生水起，活色生香。

明朝张岱说："人无癖不可与之交，以其无真情也，人无疵不可与交，以其无真气也。"爱好成癖，就是成瘾的意思，一个人如果对什么都没兴趣，干什么都提不起劲，不仅自己过得寡味无趣，也很难交到朋友，幸福指数肯定不会太高。

当然，那些不良嗜好可千万不能沾惹，一旦成瘾，就会无可救药，一失足成千古恨。

女汉子

"女汉子"这个词最近火得一塌糊涂。词典里还找不到其定义，百度百科则解释为：行为、性格向男性靠拢的一类女性。与其相类似的词，过去叫女强人，或男人婆，再早也叫女中丈夫，女中豪杰。

这等女子，性格强悍，做事果断，极具主见，有大担当，敢作敢为，性格坚毅，常被誉为"巾帼不让须眉"。旧时的妇好、班昭、花木兰、谢道韫、梁红玉，近现代的冯婉贞、秋瑾、赵一曼、江竹筠，水泊梁山里的孙二娘、扈三娘，大观园里的王熙凤、贾探春，即是其中翘楚。或指挥千军万马浴血疆场，或临危不惧视死如归，或治家有方惯常杀伐决断，或才华出众文盖班马，绝非寻常男子可比。

过去男尊女卑，男子若被说成是像女人是嘲笑，很伤人的，譬如娘娘腔、小白脸、婆婆妈妈一类说法。反之，女子若被说成像男人则是褒奖之意。《木兰辞》赞花木兰是"将军百战死，壮士十年归"。《红楼梦》里，冷子兴说王熙凤"竟是个男人不及万一的"，秦可卿也夸王熙凤是"脂粉堆里的英雄"，红学家则称她是"女曹操"。"五四"以降，男女渐

趋平等，父母给女儿起名字，多有叫赛男、竞男、胜男、若男、亚男的，无非都是希望女儿有所作为，胜过或至少不输男儿。其实，更早的秋瑾，就将自己的字改为"竞雄"，她性格刚烈，高呼"漫云女子不英雄，万里乘风独向东"，她习文练武，诗云"休言女子非英物，夜夜龙泉壁上鸣"，因而，"身不得，男儿列；心却比，男儿烈！"本是她的夫子自道，其实也可作为对她的最好历史定评。

星移斗转，人事代谢，时下的所谓"女汉子"，既不需要冲冲杀杀，也没有什么生死抉择，甚至重体力活都很少，"女汉子"的风采，主要体现在做人做事的风格上。

颇见过一些"女汉子"，也留下深刻印象。她们不会撒娇，性格大大咧咧，能干男人的活；不修边幅，不喜搽脂抹粉，一向素面朝天；不会小鸟依人，多不知温柔为何物；敢爱敢恨，疾恶如仇，鄙视卿卿我我，绝不扭扭捏捏。她们朋友极多，交游极广，爱为女友出头，打抱不平，喜与男生称兄道弟，甚至勾肩搭背，但绝无邪念。她们斗酒敢用大杯，猜拳声震四邻。

当然，这些还都是"女汉子"的皮毛形式，其实，最重要也最可贵的是，"女汉子"们争强好胜、独立自尊、不服输的心。前不久的全国汉字读写大赛上，广西代表队有一个小姑娘，外表黑瘦柔弱，却自称是个"女汉子"，只相信实力，不相信运气。果然，她在比赛中镇定自若，大气沉稳，屡屡破关斩将，多次化险为夷，且宠辱不惊，喜怒不形于色，为广西队进入决赛立下汗马功劳。她最后虽没有夺冠，但我看好这个小女孩，她将来一定会成大气候。

还有，陕西汉中市中心医院曾发生一起陪护人员持菜刀砍患者事件，两名值夜班的"九零后"护士勇敢冲向持刀者，合力夺下菜刀，最终挽救了患者生命。事后，她们也被誉为"女汉子"，并被授予"汉中最美护士"称号，这样的"女汉子"，扬正气，驱邪恶，壮我中华，多多益善。

所以，是不是"女汉子"，外在形式并不重要，关键是要有一颗"女汉子"强大的心。花蕊夫人柔弱婀娜，手无缚鸡之力，可是读了她的"君王城上竖降旗，妾在深宫那得知。十四万人齐解甲，更无一个是男儿。"谁敢说她不是个"女汉子"，又有几人敢在她面前以男儿自居？

辜负

辜负，意为使别人对自己的希望、好意、情感、帮助落空。

李商隐诗云："无端嫁得金龟婿，辜负香衾事早朝"，当官丈夫须早起上朝，妻子就不能同老公同拥香衾，共享好梦，辜负了这香喷喷的被窝，岂不要恼杀人吗？马致远在《洞庭秋月》里说："蔷薇露，荷花雨，菊花霜冷香庭户。梅梢月斜人影孤，恨薄情四时辜负。"景是美的，人影是孤单的，可恨那薄情的人不知身在何方，辜负了四季的美好时光。

最痛心的是辜负了爱人的一往情深。李隆基辜负了杨玉环，李甲辜负了杜十娘，陈世美辜负了秦香莲，柳湘莲辜负了尤三姐，贾宝玉辜负了林妹妹，其结局都不大妙，一方死于非命，另一方痛不欲生，最后是两败俱伤，不堪回首。有鉴于此，我们在恋爱时当留有余地，不要那么痴迷；分手时要慢慢冷却，切勿那么决绝，或许会减少一点"辜负"的杀伤力。

最不智的是辜负了朋友的友谊。布鲁图辜负了凯撒，犹大辜负了耶稣，曹操辜负了吕伯奢，蒋干辜负了周瑜，李密辜负了翟让，陆谦辜负了林冲，他们的以怨报德，恩将仇报，不仅受人谴责，最后也都不得善终。朋友是人生的宝贵财富，有了朋友，事业多了支持，生活多了知音，危困时有人搭救，得意时有人祝贺。因而，不负朋友，是智者所为；珍惜友谊，乃幸福之源。

最不堪的是辜负了父母的期望。望子成龙，望女成凤，是多数父母对子女的期盼，他们含辛茹苦，做马做牛，把孩子养大，就是希望孩子有出息，有造化，能出人头地，光宗耀祖，至少也能自立门户，自食其力。最令人寒心的是，孩子成了纨绔弟子，四体不勤五谷不分，或在家啃老，瞄上爹娘的棺材本，或在外惹是生非，累及父母丢人赔钱，让老人失望之极，万般无奈。

最可惜的是辜负了大好年华。到目前为止，适合生命的星球只发现有一个地球，宝贵的生命也只有一次，人来到世间是非常偶然的，而且生命极其短暂，稍纵即逝。如果蹉跎岁月，碌碌无为，不使自己的生命之花彻底绽放，结出丰满的果实，建功立业，做点有意义的事，实现人生价值，给历史留点印记，将来一定会为辜负生命追悔莫及。

最遗憾的是辜负了时代。有篇网文《请不要辜负这个时代》很轰动，且不说内容如何，至少题目很抓人，令人眼睛一亮。的确，"江山代有才人出，各领风骚数百年"，每个人都肩负着一定的历史使命，千万不要抱怨生不逢时，任何一个时代都有英雄也有犬儒，有富豪也有乞丐，有学者也有文盲，只要抓住机遇，我们都能一飞冲天，而怨天尤人，自暴自弃，只能被时代淘汰。

推而广之，大小官员不要辜负百姓的希望，要廉洁自律，勤政善政，造福乡梓，多出政绩；各路作家不要辜负读者的期待，要苦心孤诣，殚精竭虑，不断推出思想性艺术性观赏性俱佳的精品力作；新老明星不要辜负观众的厚爱，要认认真真演戏，清清白白做人，多塑造几个成功角色；南北商家不要辜负消费者的信任，诚实经营，童叟无欺，自觉抵制假冒伪劣；足球队员不要辜负球迷厚爱，不要辜负每年不惜血本往里投钱的公司和企业，好赖也赢他几场；莘莘学子不要辜负师长的嘱托，要刻苦学习，发愤研读，全面提高素质，尽快成长成材。

假如，我们每个人都能把"不辜负"作为做人处世的基本信念，为害怕辜负而小心谨慎自强不息，从不辜负人到不辜负社会，从不辜负感情到不辜负事业，从不辜负时光到不辜负时代，奋发进取，不懈追求，就一定会建设美好的家园，愉快地生活，诗意地栖息。

发挥你的"巧实力"

美国学者苏珊尼·诺瑟提出，美国政府在外交战略上要发挥"巧实力"，即综合运用硬实力和软实力，当用硬实力时用硬实力，当用软实力时用软实力，或是同时运用、混合运用，从而实现外交战略的转型，摆脱当前的困境。从硬实力到软实力，再到巧实力，人们对实力的认识日益深化，更科学也更全面。其实，"巧实力"并不是一种单独的实力，而是对硬实力和软实力的巧妙使用。不仅一个国家的外交有"巧实力"，军事有"巧实力"，每一个人也都有自己的"巧实力"，方方面面都可以挖掘"巧实力"，就是看你是不是注意到了这个问题，会不会往这个方向考虑罢了。

"巧实力"，就是不要硬碰硬，要学会四两拨千斤，及时调整方向，不在一棵树上吊死。毕竟，杀人一万自损三千，硬碰硬，谁都难占多少便宜，聪明人要学会用巧劲，就虚避实，不和你对面硬冲突，以巧取胜。"二战"时，法国耗费巨资修了个著名的马奇诺防线，据说是固若金汤，坚不可摧，要是硬攻，肯定损失惨重，旷日持久，两败俱伤。德国人干脆避开马奇诺防线，绕了一个大圈子，直接来到马奇诺防线的后方，几乎毫不费力就攻占了法国，而置马奇诺防线于无用。这是作战中的巧实力。

发挥"巧实力"，就是要善于藏拙，以己之长击敌之短。尺有所短寸有所长，聪明的人，就是善于把自己的长处发挥到极致，不求全面突破，争取局部优势，以尽可能小的代价获得尽可能大的成功。春秋战国时，秦强赵弱，秦王要用15个城池来换赵王的和氏璧，赵王明知秦王是在欺诈，却不敢不答应。比较起来，赵国的硬实力、软实力都远不如秦国，但赵国有智勇双全善于审时度势的大臣蔺相如，充分信任并大胆使用蔺相如，这就是赵国的"巧实力"。果然，蔺相如不辱使命，以自己的大智大勇，折冲樽俎，既避免了两国交战，又保全了赵国的尊严，最重要的是实现了完璧归赵，成为历史美谈。这是外交的巧实力。

发挥"巧实力"，就是要争取用自己最擅长的方式，干自己最擅长的事。NBA的火箭队，因为有姚明这个超级中锋，最擅长的就是打阵地战，一板一眼地按战术来进行，但缺陷是速度慢，不擅长打快攻，如果和善于快攻的球队打，他们就千方百计地把速度降下来，以保证姚明有充分体力和对手周旋。相反，如果他们跟着对方的速度跑，以快对快，那就把姚明废了，而这样的比赛，火箭队必输无疑。运动场上也要讲究巧实力。

发挥"巧实力"，就是要善于寻求对方的破绽，在对手最薄弱的环节上下手，往往会取得事半功倍的效果。赤壁之战，孙刘二十万联军的实力远逊于八十万曹军的实力，他们就想方设法在"巧实力"上下功夫。不善水战是曹军最大软肋，他们就在这个环节上大作文章，先是草船借箭，干扰曹军，接着是派庞统去实施连环计，又利用蒋干盗书，将计就计，用反间计杀掉曹军最精通水战的大将蔡瑁，最后利用火攻，一举破曹。创造了军事史上以少胜多的奇迹。"谈笑间，樯橹灰飞烟灭"，的确，

"巧实力"的发挥，使这一仗赢得异常轻松。

"巧实力"的使用，当然不仅限于战争与外交上，在日常工作中，无论是科研攻关，课题破解，还是军事训练，实战演习，商海拼搏，体坛竞技，或者市政建设，开发工程，都有一个如何使用"巧实力"的问题。"巧实力"的成功使用，能降低成本，可加快进度，能减少阻力，可放大实力，至于如何使用"巧实力"，并无一定之规，也无固定模式，那就得用岳飞的一句名言来诠释："运用之妙，存乎一心"。

善良

有个网站搞问卷调查，问：你以为时下社会最缺哪一种美德？我毫不犹豫地回答：善良。因为，我想起贝多芬的名言："没有一个善良的灵魂，就没有美德可言。"

善良的人，见不得别人有难，哪怕自己节衣缩食也要出手相助。善良的人多了，社会就会充满暖意，其乐融融。但现在善良的人偏少，善良美德逐渐被边缘化，被淡忘。见死不救，见难不帮的现象比比皆是，令人遗憾。

小时候，我看朝鲜电影《看不见的战线》，男主人公很幸福地对人说起自己的未婚妻："她虽然不漂亮，但很善良，我喜欢。"我就记住了善良这个词，虽不太明白啥意思，但知道肯定是个好词。那时，看到街上乞丐，我就会央求父母拿点零钱帮助他们，或许这就是"人之初，性本善"吧。

做一个善良的人是高尚的。过去有一种人被称"善人"，其实就是今天的慈善家，他们家里有钱，往往在灾荒年免费开粥厂，救济难民，平时则修桥补路，扶危济贫，捐建学堂，在老百姓眼里威望很高，就是救苦救难的观世音菩萨。但后来，却有人批他们"伪善""收买人心"，就像时下屡被诟病说是"作秀"的慈善家陈光标，似乎那些一毛不拔的铁公鸡反倒成了正人君子。

行善，没有门槛，不讲资格，只要有心，任何人都可以去做。韩信当年，饥寒交迫，一个洗衣服的女人，屡屡给他饭食，救他不致饿死，后来终成大器。因乌台诗案下狱的苏东坡，受尽凌辱，万念俱灰。狱卒梁成敬慕他是个大文豪，带饭食给他，买衣服给他，甚至为他烧洗脚水，坚定了他好好活下去的信念。这就是《菜根谭》说的那个境界："平民肯种德施惠，便是无位的卿相；仕夫徒贪权市，竟成有爵的乞人。"

善有善报。行善不是为了回报，但播撒善的种子，一定会收获美的果实。《巴黎圣母院》里，敲钟人卡西莫多，在烈日下受鞭刑时，只有善良的爱斯梅拉达把水送到口渴难耐的敲钟人唇边。这一丝暖意，使他第一次体验到人心的温暖，从此便将自己全部的生命和热情寄托在爱斯梅拉达的身上，为她赴汤蹈火，为她不惜牺牲自己的一切。著名画家吴冠中坐公交车回家，一个小伙子不仅主动给他让座，还和他一起下车，搀扶他回家。吴冠中很感动，就主动送了一幅画给那个小伙子，那画值多少钱，您就想吧，换一套房子恐怕绰绰有余。

行善贵在有心，无论善举大小，皆有价值。刘备说："勿以恶小而为之，勿以善小而不为！"李嘉诚给灾区捐款数亿，固然令人钦佩，乞丐给灾区捐款十元八元，精神同样可敬。孟子云："挟太山以超北海，诚不能也，非不为也；而为长者折枝，是不为也，非不能也。"如果说大规模的捐献善举，还需要一定能力财力为后盾；而给人送一点帮助，就简单多了，与能力、财富无关，人人可为，无非类同"为长者折枝"，有些就是举手之劳。因而，如果我们没有能力造福天下，扭转乾坤，那又何妨尽力而为为人送去善意，譬如雨中给乞丐打伞，车上给孕妇让座，给失学儿童捐款，扶起倒地的老人……

　　当然，善良也有一些副作用，譬如"人善被人欺，马善被人骑"，譬如，不小心当一回"东郭先生"，但那毕竟不是常态，我们不能因噎废食，从此不再行善。我记得小品演员蔡明的一段逸事，蔡明总喜欢给街上乞丐钱，朋友劝她说，不少乞丐都是假的，有的家里都盖起了楼房。可蔡明还是一如既往地给乞丐钱，她的理由是，也许这个乞丐是真的呢。我以前没太注意她的节目，自从听说此事后，就不由自主地欣赏起她的表演，因为在她身上我看到了人性的光辉——善良的心就是太阳（雨果）。

烦恼面前人人平等

过去常说法律面前人人平等，真理面前人人平等，这几年又说民主面前人人平等，自由面前人人平等，这都没错，值得宣传，值得追求。其实，如果放开眼界去看，世上许多问题面前，都是人人平等的。譬如，死亡面前人人平等，谁都无法抗拒死亡，"纵有千年铁门槛，终须一个土馒头"；烦恼面前人人平等，只要活着就有烦恼，而不论你是亿万富翁，还是讨饭乞丐，不论你是三军统帅，还是普通士兵。

什么是烦恼？就是烦身恼心，不得自在，闷闷不乐。欲望是烦恼的根源，欲望越大，烦恼即越多，但人又不可能没有欲望，所谓七情六欲人皆有之，所谓"无欲则刚"，是一种理想但又基本无法达到的境界。世界上烦恼最少的有两种人，一是天真无邪的儿童，二是精神病患者，只有他们才可能真正做到无忧无虑，可是，人总要长大，也没有人为了消除烦恼想当精神病患者。

就说佛门净地吧，有人实在难以忍受俗世烦恼，就干脆斩去三千烦恼丝，看破红尘，遁入空门。其实，即便出家当和尚，照样有新的烦恼，生活清苦，寂寞单调，佛经难学，久不开悟，岂不都是烦恼？尘世有烦恼，佛门照样有烦恼。自称"身是菩提树，心如明镜台"的大师兄神秀，不是也为了衣钵和师弟慧能争得你死我活，烦恼不胜。

烦恼人人都有，只不过烦恼的内容不同罢了。斗升小民烦恼的是，物价老是上涨，肉贵了，蛋贵了，菜也贵了，月底一算，生活费又多了百把元，老婆埋怨老公烟抽多了，老公指责老婆化妆品用得太滥。富豪大款烦恼的是，孩子不成器，个个纨绔，只会吃喝玩乐，这辛辛苦苦挣下的亿万家资，不知该让谁继承为好，弄不好就会重蹈"富不过三代"的覆辙。

普通员工烦恼的是，工资长得太慢，花钱地方太多，竞争激烈，危机四伏。想升职，一个位置好几个人在等，个个虎视眈眈；又担心，公司裁员频仍，说不定哪天就被炒鱿鱼。公司老板烦恼的是，成本又提高了，利润又下降了，竞争对手又出新招了，职能部门又来"打秋风"了；忙一天了，晚上还有两拨客户要应酬，不喝个昏天黑地，不来个"一条龙"服务，休想拿到订单。

回到家里，烦恼也不少。张家烦恼的是孩子学习太差，没考上大学，只能在家门口找个一般工作，糊口而已；李家烦恼的是孩子太优秀，上名牌大学，出国留学，一去不回，杳如黄鹤，想见一面比登天还难。

基督教说，人有原罪，所以生就是来受罪的，这未免有些牵强。但如果说人生来就是与烦恼作伴的，没有烦恼就没有人生，似不无道理，就连佛也说"烦恼即菩提"。人生识字忧患始，忧患即是烦恼。

既然如此，人能做的就是首先不要自寻烦恼。家有娇妻贤妇，你偏到外边拈花惹草，结果欠下风流债，染一身性病，后院起火，举家不安，可不就是自寻烦恼。看见别人升职发财，你这里嫉妒得眼睛发红，心里冒火，寝食不安，也是自寻烦恼。高官厚禄，养尊处优，钱多得花不完，却又贪污受贿，疯狂聚敛，到末了，赃钱成了罪证，红包变成锁铐，这岂不是自寻烦恼？

　　再就是要善于自我解脱烦恼。知足常乐，既然太多的欲望是产生烦恼的根源，那就不妨稍许克制欲望，冷一冷过盛的名利之心，淡一淡那贪得无厌的占有欲，看轻身外之物，不要凡事都争，见好处就上，像红顶商人胡雪岩那样，"前半夜想想自己，后半夜想想别人"。

　　烦恼无所不在，人人有份，个个难免。烦恼来了，要想办法化解；平安无事，不要自寻烦恼，这就是生活的智慧。

拿搪

拿搪是北京土话，也叫拿堂、拿糖　意指摆架子，装腔作势。在《红楼梦》第一百零一回里：凤姐的哥哥王仁有求于贾琏，贾琏推三挡四的，答应得不那么痛快，凤姐很不高兴。平儿就出来劝解："这会子替奶奶办了一点子事，况且关会着好几层儿呢，就这么拿糖作醋的起来，也不怕人家寒心？"

拿搪，不论办事还是应邀，其实并不是铁心拒绝，没有一点商量余地，只不过不想答应得那么快，想矜持一下，拿拿架子，借以提高自己的身价，顺便也压压对方的气势。

三顾茅庐，历来传为美谈，这里面也有诸葛亮拿搪的意思。一是考验你请我的愿望是否真诚；二是要摆摆架子，提高身价，显示名士身份；三是让世人知道，我本不求闻达于诸侯，是不得已才出山的。如果一请就急不可待地出山做官，那显得多没深度、多没涵养啊。好在，刘备既望贤如渴，又洞识人情，很耐心地给足了诸葛亮面子。如果按关、张二人的意思，你不想干就算了，摆什么臭架子，能人也不是就你一个，离了张屠户还能吃带毛猪？

　　十八世纪的瑞典化学家舍勒的经历也挺有趣。瑞典国王因为他的科学成就决定授予他奖牌，糊涂大臣却把奖牌错发给和他同名同姓的另一个人；后来发现错了，要重新颁发时，舍勒却拿搪了，左请不来，右请不来，不是托辞太忙，就是说没兴趣。或许他以为国王还会三请、四请，这样他就更有面子。可国王也是个倔脾气，你不要拉倒，谁还求你不成？舍勒就是没有把握好拿搪的度，结果鸡飞蛋打，弄巧成拙。

　　可见，拿搪也是个"技术活"，要拿捏得当，掌好火候。有人求你办事，请你出山，别急着大包大揽，满口答应。先把事情难度说清，尽管有几分把握，也要面露难色，就是将来没办成，或办得不理想，让他也有个思想准备，你则留个退路，有点转圜余地。这也算是个不太厚道的人生经验吧。

　　"窈窕淑女，君子好逑。"如果有人来求婚，即便心里同意，也别露出欣喜若狂的样子，要让他觉得有点难度，来之不易，他才会珍惜。当初，司马相如一曲《凤求凰》，卓文君就不顾一切与他私奔，这就显得很轻率，让他生出轻视之心。果然，若干年后，相如生出异心，另求新欢。当然，要把握好度，了解对方的秉性，他要是一个脸皮薄的人，你就不要轻易拒绝他，否则他就会失去继续求婚的勇气；他要是一个脸皮厚的人，肯定会死缠烂打，给他拿搪，挫其锐气，也未尝不是好事。当然，过犹不及，别忘记那句老话"运用之妙，存乎一心"。

　　拿搪，不仅要掌握好分寸，不温不火，恰到好处；还要有自知之明，知道自己的斤两，不能太狂妄。如果你是权威、大拿、牛人，离开你就不行，适当拿搪，摆摆架子，可能会提高身价，也满足自己的虚荣心。譬如文革末期的钱钟书，江青派人请他出席国宴，不知是来人档次太低还是态度不够谦恭，他不肯去。来人说是不是告诉江青同志你有病？钱说我没病，身体很好。这一逸闻不知真实性如何，也不知钱钟书是真心不去，还是故意拿搪，他是有这个资格的，就是拿搪，别人也不敢轻易动他，毕竟是国宝级人物，什么时候都需要用他来点缀的。而同是大师泰斗的冯友兰，该拿搪时不拿搪，就吃了大亏。其实，当时有人请他评法批儒，他要是稍微拿搪，可能就不请他了，也就没有后来的被追究，遭批判，弄得灰头土脸，老朋友与他绝交，个人晚节蒙尘受辱。

反之，如果自己分量不怎么样，离了你无碍大局，你这一角谁来干都行，那就别装腔作势，装模作样，随意拿搪，还是赶快应允为好。否则过这个村就没这个店，让你悔之莫及。

我看"男人味儿"

小沈阳在春晚《不差钱》小品里，穿花裙裤，操娘娘腔，扭扭捏捏，没一点男人味儿，以至于被老毕误认为是女性，他却大言不惭地说："人家可是个地道的纯爷们儿。"让观众忍俊不禁，捧腹大笑。舞台上的小沈阳肯定没有"男人味儿"，也不是个纯爷们儿，但"男人味儿"到底啥样，纯爷们儿是咋回事，琢磨琢磨也挺有意思。

说起男人味，这可是一个非常重要的话题。因为，在女人眼里，有男人味的男人才是真正的男子汉，才值得去爱，才可以托付终身。而在男人这里，如果被人说成是"没有男人味"，那可是奇耻大辱，比说你不是人还难接受。而一提到"男人味儿"，人们马上可以联想到几个相近的词：大丈夫、硬汉子、男子汉。如果从"男人味儿"外在特征上来说，大家会立即想到五大三粗，满脸胡须，浓眉环眼，吼声如雷等，会想到代表人物楚霸王、程咬金、猛张飞、黑旋风等，银幕形象还有高仓健在《追捕》里扮演的杜丘，史泰龙在《第一滴血》里扮演的兰博等。其实，这只是抓住了"男人味儿"的表象，真正的"男人味儿"，要有更深刻更厚重的内涵。

所谓男人味，其实可从两个层面上来理解，一是身体上的，一是精神上的。从身体上来说，身材魁梧、声音低哑的男人，力能拔山，器宇轩昂的男子，更让人觉得有男人味，女人们大都喜欢这样的男人。甚至包括他们的满身酒气，烟味，汗味，都被当成男人味来接受了。而身材瘦小、声音尖细的男人，面目苍白、胡须稀少的男人，一般会被视为没有男人味。旧时的太监，就是最典型的没有男人味的男人

从精神层面来说，一个有男人味的男人，应该是有责任感、有担当的男人，胸怀开阔，拿得起放得下的男人，有主见、敢拍板、做事不拖泥带水的男人，流血流汗不流泪、打碎牙咽肚里的男人，能伸能屈、志向远大的男人，敢见义勇为、能急公好义的男人。反之，窝窝囊囊一辈子的男人，唯唯诺诺从不敢大声说话的男人，优柔寡断、磨磨叽叽的男人，前怕狼后怕虎的男人，浑浑噩噩一事无成的男人，不论怎样高大魁伟，怎样孔武有力，也会被看成是没有男人味的男人。他们其实就是精神被阉割的男人。

而实际上，一个人究竟有无男人味，固然要看外表，更要看实质，毕竟，对很多人来说，身体上的男人味和精神上的男人味并不成正比。有些高大魁伟的男人，平时，装得慷慨激昂，血气方刚，一到关键时刻就成了熊包。五代时，后唐之主孟昶的军队平时耀武扬威，骄横跋扈，貌似很有"男人味儿"，可敌人一来，还没打上几个回合，就全部缴械投降，花蕊夫人写诗讽刺说："君王城上竖降旗，妾在深宫那得知。十四万人齐解甲，宁无一个是男儿。"那就叫"伪男人味"。而有些委琐瘦小的男人，看似缺乏男人的阳刚之气，但到了节骨眼上，生死关头，反而表现得敢作敢为，上刀山下火海，在所不辞，成了男人味十足的真英雄、伟丈夫。

因而，我们判断一个人有没有"男人味"，切不要被其外表的假象所

蒙蔽，主要还是从精神层面来下结论。

"男人味儿"最重要表现在要有爱国之心，报国之行。从于谦的"富贵倘来君莫问，丹心报国是男儿"，到李贺的"男儿何不带吴钩，收取关山五十州"；从聂夷中的"男儿徇大义，立节不沽名"，到辛弃疾的"道男儿死心如铁，看试手，补天裂"，无数志士仁人，为了国家利益，民族兴亡，艰苦奋斗，流血牺牲，谱写了一曲曲惊天地泣鬼神的爱国主义壮歌，他们都是最有"男人味儿"的英雄豪杰，是永远值得我们景仰的楷模。

有"男人味儿"的人，还要心胸开阔，豁达大度。那些小鸡肚肠、睚眦必计者，哪怕高如铁塔，胡须拖地，也没有"男人味儿"。蔺相如，一介书生，为国家团结大计，一忍再忍廉颇的挑衅，终以宽阔胸怀感动了老将军负荆请罪，上演一出千古绝唱《将相和》。蔺相如心胸豁达，廉颇知错改错，都是光明磊落的有"男人味儿"的"纯爷们儿"。

有"男人味儿"的人，一定要敢作敢为，天塌下来不弯腰。那些不敢拍板、负责，有功劳抢着要，出了事就推卸责任者，即便官再显赫，职务再高，威风再大，也没有一点"男人味儿"。著名小提琴协奏曲《梁祝》创作时，正是"大跃进"的 1959 年，《梁祝》从列入计划到创作、修改、公演，一直都有人反对，上海音乐学院党委书记孟波起到了关键作用，正是他顶住种种压力，力排众议，为《梁祝》开绿灯，争生存权，当"保护神"，才有了《梁祝》的石破天惊。虽然他后来为此受尽迫害，差点送命。他是个我们永远不能忘怀的有"男人味儿"的大丈夫。

有"男人味儿"的人要义无反顾，威武不屈。中共历史上的要人顾顺章与瞿秋白相比，顾打枪准，武功高，酒量好，朋友多，似乎更像个有"男人味儿"的"纯爷们儿"；瞿秋白呢，白面书生，文质彬彬，弱不禁风，好像与"男人味儿"不搭界。可是，在敌人屠刀面前，一个贪生怕死，投敌叛变，一个宁死不屈，英勇就义，究竟谁更有"男人味儿"，就一清二楚了。京剧《赵氏孤儿》里，也是为了一个义字，公孙杵臼慷慨赴死，程婴背负骂名，把赵氏遗孤养大成人，报仇雪恨，公孙杵臼与程婴都是有"男人味儿"的"纯爷们儿"。

有"男人味儿"的人还要能忍辱负重，坚忍不拔。司马迁，遭受宫刑，从男性特征来说，已不是"纯爷们儿"了，可是，他能忍受屈辱，咬紧牙关，在歧视和白眼中奋斗不止，苦苦撑持几十载，终于写成"无韵之离骚，史家之绝唱"，他也是个顶天立地的"纯爷们儿"。杜牧诗赞"包羞忍辱是男儿"，司马迁即最佳人选，他虽然肉体被阉割，但却是个精神强悍的男子汉。

当然，有"男人味儿"的人也有柔情似水的一面。他们爱父母，爱得体贴周到，有情有义；爱妻子，爱得缠缠绵绵，忠贞无比；爱儿女，爱得无微不至，舐犊情深。家里有天大的事自己担当，再困难的事，也以微笑待之，他们是家里的顶梁柱、主心骨，坚强的肩膀是妻子休息时的倚靠，厚实的胸脯能为子女遮风挡雨，他们从不怨天尤人，肩扛着事业与家庭顽强前行。这样的男儿，为父母者感到骄傲，为妻儿者感到自豪。

再联想开来，泰坦尼克号上那些男人们，把生的希望让给妇女儿童，把死的选择留给自己，是不折不扣的有"男人味儿"的"纯爷们儿"；篮球场上，小巨人姚明不辞辛苦，责无旁贷地把中国男篮扛在自己肩膀上奋力前行，是运动场上有"男人味儿"的"纯爷们儿"；汶川大地震中，抗震英雄武文斌奋不顾身，冲锋在前，救灾民于水火，最后鞠躬尽瘁，是抗震前线的有"男人味儿"的"纯爷们儿"；杭州婺江大桥边，孟祥斌勇救落水女青年，气力不支，沉入水底，是杭州城最有"男人味儿"的"纯爷们儿"；独臂英雄丁晓兵，身残志坚，自强不息，20年红旗不倒，20年风采依旧，比那些肢体健全者更有"男人味儿"。

如今，谁若是在大街上高喊一声"美女"，几乎会有一半女人回头，以为是在叫自己，既有二八佳丽，也有半老徐娘；如果在街上遇到见义勇为的事，大喊一声有"男人味儿"的爷们儿都上，不知道有多少男人会对号入座，奋力向前，希望是越多越好啊，这可是地地道道"纯爷们儿"，而不是"伪爷们儿"。

"剩"者为王

胜者为王，败者为寇，是我们一直习惯的传统说法。可是，近闻一历经坎坷、大难不死的睿智老者，却发出不同声音，说是"剩者为王"。初听令人惊诧，以为哗众取宠之谈，再细想想，颇有道理，别具情趣。当然，他的意思是说，希望大家都保重身体，善自珍摄，争取活得长一些，以时间换空间，享受生活和奉献社会的机会也更多。

"剩"者为王，其实也是胜者为王的一种。竞争，特别是战场上的你死我活，死去的人自然是败者，胜利的人则肯定是"剩者"，如六国灰飞烟灭，嬴政一统天下，项羽自尽于乌江，刘邦建都于长安。但更多的竞争，还是在战场之外的，"剩者"的表现形式也是多方面的，包括肉体、精神、位置、影响等。田径场上，跳高架前，选手一个个被淘汰，剩下的最后一个就是冠军。商场拼搏，大浪淘沙，不断洗牌，败者出局，剩下的就是业界老大。情场角逐，众蝶扑花，一番明争暗斗，最后剩下者，抱得美人归。

"鲁郭茅巴老曹"，是有定评的六大当代文学大师，令人高山仰止，

091

除了鲁迅早逝，老舍死于非命，其他四位都得享高寿，特别是巴金，活过了百岁大关，换言之，他们都是"剩者"。因为熬过了文革十年的煎熬，他们的晚年都很灿烂，位高名显，备受尊崇，声誉、威望、地位都到了顶点，说一句"为王"可不算夸张。因而设想，倘若老舍先生当初能顶住压力，活过那场劫难，其后来的辉煌也不会次于他人。当然，人各有志，有人苦熬，有人死节，求仁得仁，也是各得其所。慷慨赴义的谭嗣同，并不比"剩者"康有为、梁启超有丝毫逊色。

剩者为王，还有其他一些类似说法，譬如"搞学问不靠拼命靠长命"，"留得青山在不愁没柴烧"，"谁笑到最后，谁笑得最好"等，都不无道理。毕竟人生是马拉松，不是百米赛，主要靠的是长劲、韧劲，爆发力倒还在其次。就说搞学问吧，一个学者的学术成就、学术声望、学术地位都需要长期积累，没有个几十年的积淀、酝酿，厚积薄发，就不足以成其事，但看两院的那些泰山北斗，看看每年的国家最高科技奖得主，哪个不是白发苍苍，老态龙钟？而且，有不少仍在老骥伏枥，老当益壮。

再一点说，物以稀为贵。文物，都是先朝剩下的宝贝，如今一个元青花大盘能拍出几百万上千万的天价，因为剩下的已寥寥无几，可放到元代，满大街到处都是的青花盘也就是一两个铜子的价位。文革前，国家评了22大电影明星，都各有千秋，谁也不比谁差到哪里去。如今，老明星大多仙逝，剩下的几位就成了国宝，他们虽都过了耄耋之年，还是频频出镜，屡屡露面，但有大型文化活动，必坐主席台，必接受采访，仍被众星拱月，侃侃而谈，充分印证了那句歌词"最美不过夕阳红"。

怎么才能做个"剩者"？办法很多，各人都有自己的高招，以曹孟德那一句"养怡之福，可得永年"最为经典，换句老百姓的话来说，就是悠着点。健康的身体，良好的心态，竹子一样的韧劲，骆驼一般的耐力，能伸能屈的性格，不走极端的品性，拿得起放得下的襟怀，站得高看得远的眼光，有了这几样，"英年早逝"就不会来光顾，你不想当"剩者"都很难。

不过，大千世界，凡事都有例外。并非所有的"剩者"都值得庆幸，婚姻中的"剩男""剩女"，虽也是"剩者"，但无论如何算不上"为王"，似乎也不值得羡慕。当然，如果从自由的角度来说，一个人吃饱全家不饿，挣了钱想咋花就咋花，来去自如，无牵无挂，倒也可算个"潇洒王子"。

卖不掉的黄豆

他常说，是当年在豆浆铺老板的那一席话，改变了他的处世观念，改变了他的一生。

起初，他在一家日报社当记者。两年后，他发现自己并不适合当记者，也确实没有做出什么像样的成绩，自然成了第一个被裁员的对象。

失业后，他一脸茫然地坐在豆浆铺的餐桌前，百无聊赖，就和开豆浆铺的老板聊起天，他谈了自己的境遇和苦闷，足足用了半个小时。老板对他说："我只是个卖豆浆的，别的什么也不懂，就跟你说说豆浆吧。豆浆是用黄豆磨成的。而磨豆浆的黄豆其实是我在市场上没卖掉的，于是我把它们磨成了豆浆。一大半豆浆卖出去了，我把剩下的豆浆做成豆腐，拿到市场上去卖。那些豆腐也不可能全部卖完，于是我又把剩下的豆腐腌制成腐乳。经历多次变换，最终我把黄豆变着法子全部销售出去了。其实，我的黄豆在数量和质量上都没有改变，我只是在销售的时候让它们改变了面目而已。"

听了老板的话，他顿时豁然开朗。是啊，黄豆可以变成豆浆、豆腐，再变成腐乳，自己怎么就不能变一变呢？树挪死，人挪活，此后，他辗转于各个行业，在反复尝试后，终于拿起笔开始了真正意义上的写作。他，就是1998年诺贝尔文学奖得主，葡萄牙籍作家若泽·萨拉马戈。

人生如豆。其实我们都是市场上一颗待售的黄豆，有的运气好，直接被人买走，开始了自己的人生生涯，拳打脚踢，大展宏图。更多的则是在黄豆阶段没卖掉，于是，便陆续进入了豆芽、豆浆、豆腐、腐乳阶段，但只要不放弃，不气馁，不固执，最终大都能各得其所，找到最合适的位置，实现自己的价值。萨拉马戈当记者时，曾是"一颗卖不掉的黄豆"，可他选择了最适合他的文学写作后，就成了一颗闪闪发光的金豆，创造了人生的辉煌。

大画家齐白石，年轻时当过木匠，终年忙碌，辛辛苦苦，也就是养家糊口而已，那时他也是"一颗卖不掉的黄豆"；而当他改行当画家后，艺术天赋得到充分展示，才华横溢，一惊天下，画花画草，栩栩如生，画虾画鱼，神灵活现，一时间，成了天底下最畅销的名贵"豆浆"。

华人首富李嘉诚，年轻时学过修钟表，没学出名堂，也是"一颗卖不掉的黄豆"；后来改当推销员，小有成绩，但毕竟是给人家打工，出息不大，也是一碗不好卖的"豆浆"；几经反复，终于发奋创业，白手起家，使他的经营才能得到充分发挥，从此事业蒸蒸日上，日进斗金，在"豆腐"阶段大放异彩，获得空前成功。

著名作家海明威，初学大提琴，不太成功，那时他是"一颗卖不掉的黄豆"；后来当了一阵子司机，也不太合适，还受了次伤，成了一碗卖不掉的"豆浆"；再后来，又改干记者，还是别别扭扭，未能一展抱负，成了一块不好卖的"豆腐"；最终，他选择了作家之路，终于大获成功，名扬四海，成了一块世界级的"腐乳"，至今仍香味扑鼻。

豆如人生。我们都是市场上一颗待售的"黄豆"，可能很快就被买走，也可能一时卖不掉，但只要有一颗不屈服的心，只要能顺应市场的需求，善于求新求变，就一定能找到自己的合适位置，发挥自己的聪明才智，实现自己的人生理想，而不管最终是变成豆浆、豆腐，或者腐乳。

让自己当一回主角

邻人家境并不富裕，可是给儿子办婚事却极尽奢华，甚至不惜举债。豪华迎亲车队是清一色的奔驰轿车，婚宴找的是这一带最好的酒店，司仪请的是本市的金牌司仪，还遍请亲戚朋友，光酒席就开了一百桌。婚礼上，平时看着蔫蔫的很不起眼的新郎，居然也容光焕发，风头出尽。我夸邻人婚礼办得有档次，这位老邻居叹口气说：我这也是打肿脸充胖子，孩子是个普通工人，媳妇也是个公司小职员，注定一辈子都是配角，就让他们风风光光当一回主角吧，以后想起来也不遗憾。

人是群居物种，人和人在一起，肯定是要分主角和配角的。一般来说，主角处于支配地位，一言九鼎，呼风唤雨，配角是处于被支配地位，人微言轻，听人驱使。所以，人都想当主角，不愿当配角。有一年春节晚会，陈佩斯和朱时茂演了个小品《主角与配角》，就把这种争当主角的心理表达得淋漓尽致。

电影戏剧里，有的人总演主角，很容易大红大紫。陈晓旭一生就演了一个主角林黛玉，直到她二十多年后去世，大家还都记忆犹新，思念绵绵。有的人一辈子演配角，跑龙套，说起来也演了几十个角色，可没几个人能记住他，虽然这种甘当配角的精神十分可敬，但没演过主角，终是遗憾。赵丽蓉演评剧时，老演配角，虽然演技不俗，也十分敬业，但大家记住的却是主角新凤霞。可她年过花甲改演小品后，从《英雄的母亲》开始演主角，一炮打响，梅开二度，成了内地知名的老艺术家，这就是主角的魅力。

　　我当了大半辈子教师，一直没有烦过。之所以喜欢教师这个职业，原因之一，就是在课堂上我是当仁不让的主角，像舵手，领着学生在知识的海洋里遨游；像园丁，用知识的甘露浇灌着一株株幼苗；像将军，带领学生向科学难题发起冲锋。尽管收入不算多，社会地位也不算多高，但常有一种主角的"优越感"和"成就感"，自我感觉很好，眼看老之将至，却乐此不疲。

　　主角的机会是靠人争取的。演艺界常为争演主角而闹得不亦乐乎，有的动用关系，有的金钱开路，有的甚至不惜使用"潜规则"，但那都不是正路子，早晚是要淘汰出局的。最好的办法，还是要通过自己在工作和学业上的不懈努力，拼搏奋斗来改变命运，改换角色。成龙刚出道时，是演死尸的，也就是个活道具，连群众演员都不算，是配角中的配角，可是人家就硬是靠自己的奋斗，成了当今华人影视圈里数一数二的大明星，成了主角中的主角。

　　风水轮流转，主角与配角也是在不断变换的。今天你在公司里当老总，唱主角，颐指气使，不可一世；明天你公司倒闭，破产清算，到人家手下当个打工仔，就变成了不折不扣的配角。李后主当"主角"时不好好干，天天吟诗喝酒，国家大事无心打理，当了俘虏后又不甘于配角，牢骚不断，老是惦记着"故国不堪回首月明中"，终于被不耐烦的赵光义赏了一杯鸩酒，"流水落花春去也"。

　　主角是红花，配角是绿叶，都是不可或缺的，所以人们欣赏红花，也赞扬绿叶。我赞赏以大局为重干好配角的绿叶精神，但我不赞赏永远自甘绿叶而不求进取的心态，有了机会，干吗不争取当一回红花，当一次主角，扛一次大旗，"王侯将相宁有种乎"？

人生苦短，转眼百年，如果我们不能在历史舞台上挑大梁，演大戏，叱咤风云，名震中外，至少也总得在生活中当上一两回主角，让历史的聚光灯也在我们的身上停留那么一时片刻。

人生需要"重点突破"

人生苦短，转瞬百年。或精力不济，或财力有限，或其他主客观条件限制，无论是谁都不可能全面收获，处处成功。一个希望什么都得到、什么都成功的人，很可能最后什么都得不到，什么都不成功，辛辛苦苦忙了一辈子，却一事无成。看起来好像很热闹，到处涉猎，四面开花，但没有一处亮点，没有一点辉煌，都是灰蒙蒙一片，不值得一提。那么，依我的人生经验，人生一定要善于"重点突破"，切忌求全尽美。

古人说，成功者有立德、立功、立言三立。古往今来的能士显达，能称上"三立"者，少如凤毛麟角。那么，比较可行的办法，就是在这"三立"中重点突破一立，争取在一立中立出名堂，立出成就，这就十分难得了。有了扎扎实实的"一立"，或品德高尚，或著作等身，或功高盖世，就足以流传千古了。

譬如学艺术，吹、拉、弹、唱、舞蹈、小品、影视表演无一不会者，肯定出不了大成就，只能是样样都通，样样稀松，上不了台面。而如果这吹、拉、弹、唱能重点攻其一点，苦学苦练，坚持不懈，练成绝技，就可能成为名震一时的演奏家、歌唱家、艺术家。

又如择偶，下得厨房，上得厅堂，美貌如西施，学识似班昭，聪慧如谢道韫，贤惠似刘惠芳，这样尽善尽美的佳人，一是太少，天下难寻，二是你自己的条件也未必能配得上人家。怎么办呢？我建议还是要根据自己的实际需要与可能，"重点突破"，或以相貌为主，或以贤惠为上，或以学识为重，舍弃别的不切实际的选择。

消费也是如此。钱多得几辈子用不完的人，像比尔·盖茨们，自然不必说了，想买啥就买啥。如果钱财紧张，捉襟见肘，则应量力而行，重点突破，不要处处和人比较，打肿脸充胖子，而要挑自己最需要的东西买，其他消费有条件后再说。譬如彩电、冰箱、洗衣机、微波炉等，都有用处，先买什么呢？显然应该首选彩电，因为彩电和我们关系最密切，又没有替代品，买回来后全家受益。

交友，倘若交得太滥太多，花钱费力耗时还不说，可能多半是酒肉朋友，泛泛而交，有好处一哄而上，大难临头一哄而散，节骨眼上谁也帮不上忙。这就不如重点地深交几个"高质量"的朋友，就像管仲与鲍叔牙，俞伯牙与钟子期，马克思与恩格斯，相互之间解衣推食慷慨无私，高山流水堪称知音，这样的朋友，诚如鲁迅所言"人生得一知己足矣"。

旅游看风景也要看重点。天下美景多矣，不可能一一阅尽。譬如看山，既然是"五岳归来不看山，黄山归来不看岳"，那么把黄山好好看了，再看上一两岳，其他山也就可看可不看了。无非崇山峻岭，古树奇松，清泉云海，大同小异。譬如著名的杭州西湖十景，不必一一看到，因为有些景值得一看，有些景则只是为了凑十景之数而已，不看也罢。

干事业，是我们一辈子的立身之本，更不宜四面出击，用心不专。而要择其一业，舍弃其他，苦心钻研下去，以求取得突破，成为专家，这就是所谓"一招鲜，吃遍天"。反之，如果老是跳槽，见异思迁，什么都想试试，这山望着那山高，吃着碗里看着锅里，最后可能什么都干不好，什么都是二把刀子，最终是个失败的人生。就像打井，浅尝辄止，捅了一堆黑窟窿，一口也没见水。这样的人咱们见得太多了，到处都是，但愿我们自己不要成为其中一员。

学会"重点突破"，也是一种不可或缺的人生智慧。

话说"小材大用"

夸张一点说，这个世界上几乎没有什么人认为自己是"小材大用"，而至少有一半人抱怨自己是"大材小用"。但依我看，事实则恰恰相反，正是因为太多的人"小材大用"，不胜重任，才使许多事情变得糟糕，工作不尽人意，事业难以推进。

最典型的例子就是皇帝的"小材大用"。外国皇帝且不论，中国皇帝至少有一多半都是"小材大用"，就因为他们是先皇帝的后人，是"龙子龙孙"，结果阿猫阿狗都能坐上龙椅，北面称帝，甭管是不是人才，是大材还是小材。于是，就有了傻子皇帝司马衷，弱智皇帝刘阿斗，木匠皇帝朱由校，诗歌皇帝李煜，此外，还有儿童皇帝，卖肉皇帝，炼丹皇帝，等等。在他们当政期间，往往是政治腐败，民不聊生，国家积弱，贪渎横行，几乎国将不国，或者干脆国破家亡。

庸官、贪官也大多是"小材大用"。赵括的纸上谈兵，志大才疏；马谡的夸夸其谈，言过其实，是庸官的代表。贪官呢，因为官帽多是跑来、买来、骗来、混来的，与才干能力关系不大，所以，常常是局长位置，科长水平，领导位置，秘书能力，工作推不动，局面打不开，政绩乏善可陈，群众意见纷纷。当然，也不能说其一点本事也没有，吃吃喝喝，吹吹拍拍，欺上瞒下，弄虚作假，贪污受贿，营私舞弊，他们还是很擅长的。但就这还老嫌自己是"大材小用"，不断跑官买官，投机钻营，当了科长还盯着处长，升了副职还念着正职。

如果说，大材小用受委屈的仅是个人，不能施展抱负，一显身手，颇为遗憾。譬如凤雏庞统，本有经天纬地之才，刘备却以貌取人，只委他一个小县令，让他郁郁不得志。幸好有了后来张飞的巡视，目睹庞统一日理完百日积案，让张飞大开眼界，赶快报与刘大哥，提拔他为副军师，才算是人尽其才。而"小材大用"，受影响的可能就是国家的兴亡，事业的兴衰，百姓的福祉。明代"木匠皇帝"明熹宗，既无治国安民之才，又无励精图治之心，是地地道道的"小材大用"，他终日醉心于锯刨砍削，对国家事不管不问，听任宦官横行，奸佞霸道，国家日渐衰亡，明朝固然最后亡在崇祯皇帝手里，其实早就败在明熹宗手里。

何以避免"小材大用"呢？我以为可有三策：

其一，选材范围越大，"小材大用"的可能性就越小。就因为皇帝的选材范围最小，所以"小材大用"者也最多，情况好时，还可以在几个兄弟中选，瘸子里拔将军，子嗣不旺时，碰着谁就是谁，刘备白帝城托孤时，明知刘禅他扶不起来，可他也无人好选，还只得让他勉为其难。现代选材也一样，如果只在自己熟悉的秘书、部下圈子里选，就难免近亲繁殖，黄鼠狼生耗子——一窝不如一窝。只有"不拘一格降人才"，扩大选材范围，才能真正让材堪大任的人材脱颖而出。

其二，选材出于公心，"小材大用"的人就无空子可钻。如果任人唯亲，私心作怪，以线取人，以钱选官，那就只能选出一帮无才无德的马屁精，官油子，干事无能，贪贿有方。因而，必须从大局出发，从公心出发，充分听取群众意见，认真考察人才的才识能力，任人唯贤，才能

104

真正选出合格人才。

其三，建立人才罢免机制，可以及时更替那些力不胜任的"小材大用"者。应该有这样一套考核筛选机制发挥作用，做到人才能上能下，胜任者留，不胜任者去，不搞人才终身制。这样，方可保证始终做到大材大用，小材小用，人尽其才，物尽其用。

退一步说，如果您已经侥幸"小材大用"了，自己又不想急流勇退，那就赶快想办法提高水平，增强能力，尽快把自己变成"大材"才是。

鸡汤·鸡血·鸡屎

鸡汤性温，营养丰富，可以补虚、养心。正因为如此，人们把那些含有智慧、热量、催人进取的话语喻为"心灵鸡汤"。

一开始，"心灵鸡汤"类书籍还挺受欢迎，可以激发热情，鼓舞斗志，促人进取。但看多了，也试过了，人们渐渐发现，"心灵鸡汤"里许多貌似高明的道理，在实践中其实很难行得通，一些引为例证的成功楷模，也离自己很遥远。譬如那些出现频率最高的鸡汤名言："只要有信心，人永远不会挫败"，这是讲信心；"因害怕失败而不敢放手一搏，永远不会成功"，这是讲勇敢；"勤奋是一切事业的基础"，这是讲勤奋；"抓住了时间就抓住了成功"，这是讲惜时；"世上从不缺少机会，只是缺少发现机会的眼睛"，这是讲善抓机遇。这些鸡汤名言都很励志，很正确，很阳光，但人们发现，有信心、敢拼搏、能敬业、善惜时的人数不胜数，可真正的成功者却极其有限。于是，"心灵鸡汤"的刺激性越来越小，励志作用日渐衰落，开始被人冷落，数不胜数的"鸡汤"类书籍已被读者认定是"垃圾书"。

一旦"鸡汤"喝到令人反胃，没感觉了，甚至一闻到就想吐，再也起不到励志作用，那就需要进行更强的刺激，譬如曾经风靡一时的"打鸡血"。形容一个人突然亢奋，容光焕发，精神抖擞，手舞足蹈，就会说他"像打了鸡血一样"。从励志的角度来说，"鸡血"就是"鸡汤"的比较级，加强版，刺激性更大，力道更足，效果更强，但也存在一定风险，弄不好就会失之偏颇，感染致病。譬如"不成功则成仁"，"吃得苦中苦，方为人上人"，"嚼得菜根，百事可做"，"宁要人嫉妒，不让人可怜"，"生当作人杰，死亦为鬼雄"，"成功就是一切，手段可忽略不计"，"欲求生富贵，须下死功夫"等励志言语，其特点就是要有不顾一切的狠劲，有不达目标誓不罢休的倔劲，不惜走偏门，寻求强刺激，而不管代价多大，成本多高，是否会有后遗症。

再进一步说，励志类话语如果少了分寸，没了底线，失了操守，"鸡汤"会变馊，"鸡血"会变质，那可能就成了"鸡屎"，甚至连鸡屎都不如的秽物。即列宁说过的那句名言：真理多走一步就成谬误。如一些另类的励志名言，"富贵险中求"，"马无夜草不肥，人无横财不富"，"饿死胆小的，撑死胆大的"，"牡丹花下死，做鬼也风流"，"做官不发财，请我都不来"，"人不为己天诛地灭"，"宁坐在宝马车里哭，也不坐在自行车上笑"，"不能流芳百世，宁可遗臭万年"，"宁使我负天下人，不使天下人负我"等，价值取向混乱，实用主义横行，颠倒黑白，混淆是非，散发着强烈的"鸡屎"味，若不辨香臭吃下去，轻者肚子疼，重者说不定会要了卿卿性命。那些贪图"横财"制售假冒伪劣的奸商，那些企图险中求富贵的走私、贩毒罪犯，那些以升官发财为目标的贪官污吏，那些荒淫无度的"风流鬼"，从某种意义上来说，就是"鸡屎"的殉葬品，他们视"鸡屎"为美味，把"鸡屎"奉为圭臬，浑身上下都弥漫着刺鼻的"鸡屎"味。

人生在世，要想不甘平庸，做出番事业，一定要吸收点励志的营养，但也不能太滥太多，要适可而止。"心灵鸡汤"能养人，也能误人；说其全没用，不是事实，说其有大用，也不合实际。若相信它是十全大补，喝了一定能成功，那就会误人；如果不迷信它，像萝卜白菜一样吃下，则能养人。至于"心灵鸡血"还是慎打为好，以免精神紊乱；"心灵鸡屎"更万勿食用，以免"鸡屎"糊心，误入歧途。

第三辑　秦时明月

小细节不能改变大是非

假如我们要从以下三个候选人中选择一位来造福全人类，您会选择哪一位呢？先来对他们的基本条件作一些对比：

候选人 A：笃信巫医和占卜家，偷养了两个情妇，嗜好吸烟喝酒；候选人 B：曾经两次被赶出办公室，每天要到中午才起床，读大学时因吸食鸦片险些被开除，每晚都要喝一公升白兰地，烟不离手；候选人 C：曾是国家战斗英雄，保持素食习惯，从不吸烟，不贪女色，只偶尔来点啤酒，年轻时没有做过什么违法的事，酷爱读书，懂艺术，善绘画，有专著出版。

是不是觉得这些信息已经足够帮助你决定最佳人选了呢？千万不要以为这是个容易的抉择，现在让我们来揭晓答案，看看您选了谁？

候选人 A 是美国总统富兰克林·罗斯福，候选人 B 是英国首相温斯顿·丘吉尔，候选人 C 是德国法西斯元首阿道夫·希特勒。这个结果不知道是否会使您感到意外，天底下的事情就是这么怪，平素不拘细节，私生活有失检点，甚至颇像不良青年的罗斯福，却是世界反法西斯战线的统帅人物，连任三届美国总统；一身不良嗜好，烟棍加酒鬼的丘吉尔，成了二战期间拯救英国抗击法西斯的救星；而保持良好生活习惯，不贪酒色，多才多艺的希特勒，则是为人类带来最大灾难、导致几千万人死亡的法西斯元凶。

世界是复杂的，人也是复杂的，好人身上有缺点，坏人身上有优点。那么区分好人坏人的标准是什么呢？很难用几句话来说清楚，但一定不要简单化，公式化，脸谱化。电影电视上的正面角色，一定是浓眉大眼，身材魁梧，声若洪钟；反面人物则无不是贼眉鼠眼，猥琐可恶，一脸烟容，一身毛病，一出场，不用介绍，连小孩子都能看出来：这是个坏蛋。现实生活中就不是这么回事了，衣冠楚楚的，可能是江洋大盗；危襟正坐在主席台上的局长主任，或许是贪官污吏；风度翩翩的绅士，可能心如蛇蝎；衣衫褴褛的穷人或许深怀博爱之心，汶川大地震时，东莞就有一个老乞丐捐出了五千多元的善款。

另外，就是要看大节，看大是大非。看这个人在历史上起什么作用，有什么贡献，是推动历史车轮前进，还是逆历史潮流而动。至于他的生活习惯，个人嗜好，他的特长、隐私，说到底是他自己的私事，不应当成为公众关注的对象，也不应成为衡量好坏的标准。如果一个人，从细节到大节，都无可指责，十全十美，方方面面都是楷模，那自然最好，不过这种人似乎在地球上难找。那就不妨退而求其次，只要大节无损，大是大非上经得起检验，就值得肯定、就在历史上站得住脚，就像养了情妇的罗斯福和嗜酒如命的丘吉尔。

相反，像大魔头希特勒，尽管也确有不少小特长，但和他对人类造下的弥天大灾相比，根本就不值得一提。近年来，有人热衷于给那些历史罪人翻案，就是首先从生活细节上入手，挖掘他们身上的小优点、小特长，淡化其罪责，美化其形象，譬如秦桧对子女的慈爱之心，蔡京的独具一格书法，吴三桂对陈圆圆的痴情不改，汪精卫的仪表堂堂、诗文俱佳，即便这些都是真的，可是如果我们要选择一位来当造福全人类的带头人时，你敢投他一票吗？

这几年，俄罗斯的纪实文学作家津科维奇为斯大林翻案，已经出了好几本书，据说还挺畅销。他把一些鲜为人知的历史细节挖掘出来，以证明斯大林人格高尚，可尊可敬。据津氏披露，乌克兰一个年轻的贫苦农民曾写信给领袖，请求使用斯大林这个名字。领袖立即回信表示同意："很高兴，从此我有了你这个弟弟，有什么困难请来找我或者写信。"这件事，斯大林从没透露一丝口风，也无人炒作，津氏很感动这种纯朴谦虚的作风。但这种小细节能推翻大是非吗？恐怕无济于事。

就说细节吧，俄罗斯作家索尔仁尼琴在《古拉格群岛》上也记下了这样一个细节：在一次以表忠心为主题的会议上，因为有人念了对斯大林的效忠信，所以只好全场掌声雷动，然而谁也不敢率先停止鼓掌，如何使掌声停下来？"不识时务"的造纸厂厂长在第 11 分钟率先停止了鼓掌。结果他于当夜被捕，被判了 10 年刑。

倘若我们被第一个细节感动得热泪盈眶时，不妨再想想第二个细节，就会立即让我们冷静下来。领袖让一个农民和自己同名的细节，即使百分之百的真实，也不会让任何一个在那场"大肃反"中侥幸活下来的人感到一点暖意，当然也无助于改变那个大是非，毕竟，且不说那些被无辜杀害者惊人的数字，就说细节，比让一个厂长判 10 年刑还要令人毛骨悚然的细节比比皆是，也更接近历史的是非真相。

尼古拉上校为何会碰壁？

据说窃国大盗袁世凯临死时，连声大叫："杨度误我！杨度误我！"这固然算不得委屈杨度，但显然是夸大了他的作用。杨度确实是臭名昭著的劝进"筹安会"的头目，也曾力劝袁世凯称帝，可如果老袁自己不肯称帝，别人再劝也是没用的，最简单的道理，他怎么不去劝孙中山呢？说到底，杨度其实不过是投其所好，挠到了老袁的痒处，深知袁世凯的"皇帝情结"，所以故意逢迎罢了。倒是老袁太不知足，虽然只做了83天的洪宪皇帝，但用"不求天长地久，只求一时拥有"的现代观点来看，他也算是心想事成了。他不是一再鼓吹要"尊孔读经"吗，圣人说"朝闻道，夕死可矣"，他都当了好几个月的皇帝了，龙袍穿过了，龙椅坐过了，后妃太子也封过了，"过把瘾就死"，死也就死吧，何必把责任都推到杨度身上。敢作不敢当，显得自己没有一点胸怀。

当然，杨度也不是什么好人。这种人，善于揣摩上司心理，哪儿痒就专往哪儿挠，困了给你送来枕头，饿了给你拿来馒头，他自己也不白干，造神成功了，他也能当个有肥缺的小鬼，人家吃肉，他也能啃上骨头。所以，这号人哪儿都有。

近读《世界散文随笔精品文库》，才知道，美国也有"杨度"式的人物，名曰刘易斯·尼古拉，是个上校。美国独立战争已近尾声，华盛顿领导的军队马上就要夺得天下，这时，尼古拉上校暗地上书华盛顿，先是捧颂一番，再小心翼翼献上一记"金点子"：取消共和恢复帝制，由将军本人担任新君，实行独裁。这一点，他倒是和杨度"英雄"所见略同，可惜，他碰上的是华盛顿而不是袁世凯，一个伟大的公民而不是一个利欲熏心的野心家，于是就产生了两种完全不同的结局。

华盛顿心情沉重而不无愤怒地回信说："您所说的军队里有的那种思想，使我痛苦异常，自作战以来，没有一件事令我这样受创。我不得不表示深恶痛绝……我过去所为，究竟何事使人误解至此，以为我会做出对国家祸害最烈之事，诚百思不得其解……若您仍以国家为念，为自己、为后代，或仍以尊敬我，则务请排除这一谬念，勿再任其流传，有厚望焉。"

当然，如果这只是一种假惺惺的政客式的作态，那也没什么价值，袁世凯面对杨度们的劝进，也曾表示过推辞，但那不过是欺骗民意，是在作秀，是在为下一轮更大规模的劝进作铺垫。而华盛顿则不然，他是言出行随，仗一打完，就坚决地解散军队，辞去公职，两手空空，吹着口哨，回到阔别多年的村庄，当一个普普通通的公民。假如，袁世凯也能像华盛顿那样，在推翻清室后，毅然辞去所有公职，回项城老家钓鱼，那么，其在历史上的名望，即使赶不上华盛顿，也差不到哪儿去。当然，历史是不允许假设的，这种事情在彼时的中国一个野心勃勃的大军阀身上也是根本不可能发生的，如果袁世凯真的效法了华盛顿，那倒成了咄咄怪事。

评论的力量远比不上事实的力量，所以，我们还是再看一点历史的记载。华盛顿在交出军权时有一个简短发言："现在，我已完成了战争所

114

赋予的使命，我将退出这个伟大的舞台，并且向尊严的国会告别。谨在此交出委任并辞去所有的公职。"这个发言是在公元1784年，而在公元1916年，中国还在轰轰烈烈地搞恢复帝制的闹剧，前后相差一百三十余年。这也就是说，1916年的中国，不仅在国民生产总值和人均收入上与美国差距甚远，就是在华盛顿主动下野和袁世凯公然称帝的事情上，在尼古拉劝进碰壁和杨度"筹安"走红的问题上，至少有一百三十年甚至更大的差距。又过了六十年，1976年为某人当女皇而劝进的当代杨度们，再一次让我们领略了什么叫愚不可及，丑态百出。

由是，我想起了著名作家梁晓声议论此事的一段说论："一个从来没有帝王的国家民众，是绝不肯答应他们选出的总统变成帝王的；一个一向在王权统治下的国家民众，是很不习惯他们的'大救星'不想当帝王的。"

李自成的三根"桩"

岁逢甲申，发思古之幽情，不由想起三百六十年前那个甲申年李自成的功败垂成，大喜大悲。

兴也罢，亡也罢，成也好，败也好，自成的军国大业都与三个人息息相关，文有牛金星，武有刘宗敏，文武双全有李岩，这都是他的左膀右臂。如果说"一个篱笆三根桩，一个好汉三个帮"，那么，这三个人就是李自成这个篱笆上的三根桩。

平心而论，这三根"桩"，在打进北京前，相互间虽小有摩擦，存在意见分歧，但大体上还是团结的，做事情是认真的，辅佐闯王也是努力的，如果打分的话，基本上都是合格的"桩"。

可一进京城，花花世界，气象万千，三根"桩"就有差别了，兴趣各异，政见不一，矛盾出来了，隐患也就埋下了。

牛金星这根"桩"，既是文官之首，当然要忙些文雅之事，譬如"筹备登基大典，招揽门生，开科选举"。同时还忙着吃喝应酬，牛宰相好像是打仗时饿怕了，要好好"恶补"一下，每日里"大轿门棍，洒金扇上贴内阁字，玉带蓝袍圆领，往来拜客，遍请同乡。"（引自《甲申传信录》）三天一小宴，五天一大宴，正如郭老所评价的"太平宰相的风度俨然矣"。

大将军刘宗敏这根"桩"，苦孩子出身，打小就没见过那么多银子，因而，整天忙于"拶挟降官，搜括赃款，严刑杀人"，更荒唐的是，他鬼迷心窍，色胆包天，竟"把吴三桂的父亲吴襄绑了来，追求三桂的爱姬陈圆圆，不得，拷掠酷甚；虽然得到了陈圆圆，而终于把吴三桂逼反了的，却也是这位刘将军。"（《甲申三百年祭》）

最有眼光的要数李岩这根"桩"，他是义军中唯一没有被胜利冲昏头脑的高级将领，在对吴三桂实行统战政策，加强山海关守备抵御清军入侵，经营河南作为根据地和整肃军纪等重要问题上，李岩都提出过正确的建议。如果按李岩的方略实施，历史可能就要改写了，然而整天做着皇帝梦的李自成只是敷衍了事地批一句"知道了"便再无下文。

"道不同不相为谋"，如果这三根"桩"各行其是倒也罢了，可嫉贤妒能的牛金星还要暗算李岩，或许是担心李岩觊觎他的宰相官帽，这是他干的最不得人心、也使义军大伤元气的事。于是，便有了这样的记载："河南州县多反正，自成召诸将议，岩请率兵往。金星阴告自成曰：岩雄武有大略，非能久下人者。河南，岩故乡，假以大兵，必不可制，十八子之谶得非岩乎？因僭其欲反。自成令金星与岩饮，杀之。群贼解体。"（引自《明史·李自成传》）

说到杀功臣，历代皇帝都擅长此道，鸟尽弓藏，兔死狗烹嘛。可李自成也未免太着急了点，江山尚未坐稳，天下还不太平，吴三桂还在虎视眈眈，他就急急忙忙听信谗言先砍了自己一根"桩"，这不是自寻死路？

李自成这倒霉的"篱笆"，摊上了牛金星、刘宗敏这两个不成器的"桩"，左膀右臂都这么目光短浅，又自相残杀，稀里糊涂砍了李岩这根最有用的"桩"，也难怪他的大业"其兴也勃焉，其亡也忽焉"。当然，说到底，他是主帅，他应当负主要责任。

古今一理，同患难易，共享乐难，而且，猜忌内讧往往比外敌的杀伤力要大得多；如果再加上骄傲自满，大意轻敌，那就真的没有活路了。这就是孟子早就说过的那句话："天作孽，犹可违；自作孽，不可活。"（《孟子·离娄上》）

李梦阳的"美恶具列"

　　明人李梦阳的文学成就，向为人所称道，他工诗赋，重文章，诗尊李杜，赋承屈贾，文从两司马，气势磅礴，思如涌泉，确实非同寻常。当时，他与何景明、徐祯卿、边贡、康海、王九思、王廷相掀起文学复古运动，以复古自命，倡言"文必秦、汉，诗必盛唐"，大大扭转了当时的学术风气，名震海内，天下推为大家，被称为"前七子"领袖。

　　其实，他的操守和德行，更是名重一时，堪称高风亮节。他生活在成化、嘉靖年间，清正廉洁，刚毅不阿，与把持朝政气焰熏天的宦官和外戚进行顽强抗争，多次以直言构祸，五次入狱，数遭贬谪，仍不屈不挠，被当时士人奉为楷模。

　　更令人钦佩的是，他秉承优秀史家笔法，"美恶具列，不劝不惩"，即使本族至亲也不例外。在李梦阳所著《空同集》中，共有诗赋、传记、墓志、序跋、碑文、杂文等共三百篇，其中墓志、碑文、书传，不管亲疏远近，他一概从实写来，既不溢美，也不隐恶。在《族谱·大传》中写他叔祖"军汉公则嗜酒不治生，好击鸡、走马、试剑。"如同一个二流子；写他堂叔"曰琎者，军汉公子，善机诈，把持人"，好似一个奸诈小人；写他亲叔父（号阴阳公）"则日弄酒狎侮诸吏士，奴儌之。诸吏士不堪也，乃于是盛恶阴阳公"，也是恶名远扬。一字一笔，实事求是，并不因是自己亲属就有所隐瞒，由此可见他的气节和德行。

最难得的是，他在《族谱·外传》中写到亲生母亲时也毫不客气，说其"性至严重，好鞭笞奴仆"，活生生就是个母夜叉、恶婆子。这样下笔无情，岂不是大逆不道吗？就连人家孔夫子都说过"父为子隐，子为父隐，直在其中矣。"（《论语·子路》）你又何必如此认真呢？他的亲属也对此多有不满，但他照样我行我素，初衷不改，该咋写就咋写。

平心而论，本来，人都不在了，又都是至爱亲朋，给他多说几句好话，戴几顶高帽，把过去那些丑事恶行盖过去，也是人之常情，是大家可以谅解的"错误"，不仅现在的不少追悼会的悼词，报纸上的纪念文章是这么写的，过去的大文豪韩愈等人的墓志、碑文也是这么写的。可李梦阳却偏偏要认这个死理，哪怕是天王老子也不行，有一是一，有二是二，不叫我写就算了，要让我写，那就是这个章程。

明人钟惺说："作史之义，昭往训来，美恶具列，不劝不惩，不之述也。"（《捷录大成》）不论是操觚作史的历史学家，还是为人写传记、序跋、回忆录的文人骚客，起草悼词、唁电、写纪念文章的家属亲人，都有责任实事求是地评述前人的活动和经历，把真实性放在首位，不为任何经济的诱惑、政治的胁迫、名利的吸引、亲情的需要所屈服，而歪曲历史，掩盖事实。但古往今来，做到这一点一直是不容易的。所以明人冯时可批评说："今之操觚者，求惊人而不求服人，求媚世而不求维世，此海内所以无文宗也"。（《冯元成选集》卷六七，《谈艺录》）

今日视之，李梦阳的"美恶具列，不劝不惩"，确实让他失去不少"生意"，少挣了很多银子，尽管他的文笔名噪天下。因为那些身上有毛病、劣迹者的家人，都不敢找他写传记、墓志、碑文，生怕他把人家的丑事一五一十都给揭出来。而"文起八代之衰"的韩愈，却因为受金谀墓，减色不少，司马光就批评他"好悦人以铭志，而受其金"。(《颜乐亭颂》）刘禹锡也指责他："公鼎侯碑，志隧表阡，一字之价，辇金如山。"(《祭韩吏部文》）韩大师虽然因此发了笔小财，却世代为人垢病，实在是得不偿失啊！

"随随便便"与"大名鼎鼎"

盖达尔是苏联著名儿童文学作家。他很喜欢旅行，而每次出门总是提着个破旧的皮箱。有人不解地问："先生是'大名鼎鼎'的，为什么用的皮箱却是'随随便便'的？"盖达尔机智地回答："这样难道不好吗？如果皮箱是'大名鼎鼎'的，人却是'随随便便'的，那岂不是更糟？"

的确，我们平时见过不少人是"大名鼎鼎"，皮箱却是"随随便便"者，也见过更多皮箱是"大名鼎鼎"，事业却是"随随便便"的人。爱因斯坦是"大名鼎鼎"的科学家，他穿衣服却是"随随便便"的。他刚到美国时，穿得"随随便便"，有人劝他穿好一点，他诙谐地说："穿那么好干什么，反正也没人认识我。"他后来名扬四海了，经常出席各种高规格的会议，又有人劝他穿好一点，他幽默地说："现在更没有必要穿那么好了，反正大家都认识我了。"因而，一提到爱因斯坦，我们就会想到一个头发蓬松，穿一身旧西装，眼睛却亮得放光的天才老头。

萧伯纳是英国"大名鼎鼎"的剧作家、评论家，他住的房子却是"随随便便"的。萧伯纳一生著述颇丰，收入也很可观。他获得诺贝尔文学奖后，许多人慕名而来，到他家拜访，都对他住房的简单、家具的陈旧表示惊讶，劝他换套更大更舒服的房子住，他也完全有这个经济实力。他十分客气地回答说："要那么大的房子，一是没工夫收拾，二是还要老惦记着，最重要是我用不了那么多房子，何必要花钱费神呢？"

曹雪芹是"大名鼎鼎"的小说家，他吃饭却是"随随便便"的。随便到什么程度呢，可用一句诗来形容："举家食粥酒常赊。"本来，凭曹雪芹的才华和能力，完全可以让自己和家人过得好一些，吃得丰盛一些，譬如去当师爷，当塾师，走科举之路，都能轻松胜任。可是他的心思都在小说上，随便吃点什么，只要肚子不饿就行。也正是他的吃饭"随随便便"，才有了日后的"大名鼎鼎"，才有了当今数万人吃《红楼梦》饭吃得滋滋润润。

这似乎是个普遍规律，古今中外，那些在事业上大获成功因而大名鼎鼎的人士，在生活的其他方面大都是"随随便便"的，他们对于物质生活的享受，往往是比较迟钝的，穿着"随随便便"的衣服，吃着"随随便便"的饭菜，住着"随随便便"的房子，提着"随随便便"的皮箱，却在干着超凡入圣的事情，从事着重要伟大的工作，书写着辉煌的历史。而那些满身都是"大名鼎鼎"的名牌服装，使用的是"大名鼎鼎"的名牌用具的人，吃着"大名鼎鼎"的中西大菜的人，其工作态度、敬业精神、人生事业却可能都是"随随便便"的，甚至于一事无成，因为他们的注意力太多地放在那些"大名鼎鼎"的身外之物上了，而真正需要"大名鼎鼎"的地方，譬如事业、成就、学问等，反倒稀松平常，随随便便，无声无息。

人生的根本差别，也许就体现在事业和物质生活摆放的不同位置上，何为"大名鼎鼎"，何为"随随便便"。

他们曾被拒门外

1944 年，美国一家演艺公司的主管告诉一个前来试镜、梦想成为演员的女孩："你绝对不是当演员的料，你最好去找一个秘书的工作，或者当公司雇员，再不然干脆早点嫁人算了。"这个女孩就是后来大获成功、名扬四海的好莱坞明星玛丽莲·梦露。

1954 年，美国"乡村大剧院"旗下一名歌手首次演出后就被开除了，老板毫不客气地对那名歌手说："小子，就你那破嗓子还想唱歌，门儿都没有，你哪儿也别去了，还是回家开卡车去吧。"这名歌手叫艾尔维斯·普雷斯利，后来大放异彩，红遍全球，绰号"猫王"。

1984 年，河南省郑州市乒乓球市队教练对一个身高只有一米五多的女孩说：你个子太矮了，腿短胳膊短，怎么练也打不出来。毫不通融地将她拒之门外，连试试的机会都不给。后来，这个女孩却凭着不服输的顽强精神和高超球艺，十三岁就夺得全国冠军，十五岁时获亚洲冠军，十六岁时获世锦赛冠军，十九岁获奥运会冠军。是世界上拿冠军最多的乒乓球女选手，人称世界乒坛皇后，她的名字就叫邓亚萍。

这是一个电视剧中的人物，但现实生活中却不乏其人。《士兵突击》

中有一个战士，其貌不扬，又笨又土，钢七连高连长死活看不上他，曾两次把他拒之门外，断定他是个练不出来的"孬兵"。可是，后来就是这个"孬兵"，靠着刻苦训练，超人的努力，靠着"不放弃，不抛弃"精神，成了全团、全师乃至集团军数一数二的尖子兵，拿的奖状、得的锦旗，挂满一面墙，成了远近闻名的"兵王"。他的名字叫许三多。

这些曾被拒门外后来却成为成功者的名单还可以排很长，古今中外、方方面面的人才都有。这类一再发生的事情可以当励志故事讲，也可以给我们两个方面的启发。其一，那些手中握有人才生杀大权的主管领导也好，权威专家也好，要有爱才惜才望贤若渴的观念，不要对一个初出茅庐的青年轻易下否定性结论，因为扼杀一个天才是容易的，发现一个天才却很困难。要有点耐心。古人说"试玉要烧七日满，辨材须待十年期"，所以，要给人才们多试试的机会，观察一阵子再说，并且允许他们一开始的不成功。如果实在不能接受他们，至少也要给予鼓励，给予指点，要不然，说不定你漏掉的就是又一个玛丽莲·梦露，你否定的就是又一个邓亚萍，让你将来后悔莫及。

其二，对于这些青年才俊个人来说，一定要有点百折不挠的韧性，轻易不要被权威和专家的否定性结论吓倒，因为他们固然有经验，能"慧眼识珠"，但也有看走眼的时候，也有些老眼昏花的主，如果不幸再加上固执和偏见。因而须牢牢记住一句话：是金子早晚会发光，是人才必然会脱颖而出。关键是我们自己一定要有真才实学，确有过人之处。只要自己真有天赋，有素质，有潜力，真是这块"料"；那么，坚持下去，锲而不舍，终究会冲破黎明前的黑暗，抵达光明的彼岸。"兵王"许三多就是这么走过来的，"猫王"、邓亚萍也是这么一路走过来的，玛丽莲·梦露也正因为没有听从那位主管关于"早点嫁人"的劝告，才有了后来的一飞冲天。

"我劝天公重抖擞，不拘一格降人才"，清人龚自珍的《己亥杂诗》大有深意，并未过时，今日读来，仍有启迪。

刘宗周的"愎拗偏迂"

晚明的大儒刘宗周，是个有名的清官，也是个著作颇丰的哲学家，时人称其"世上麒麟凤凰，学者泰山北斗"，但他却不是一个运筹帷幄的政治家，仕途之路也颇为坎坷，五起五落，其中缘故多多，而屡发迂腐之言，乃为原因之一。

最典型的有两次。崇祯八年，皇帝在文华殿开会，亲试阁臣。召对中，崇祯问兵事如何。刘宗周对以"内政既修，远人自服"，并举舜时有苗叛乱，中央政府自修文礼，跳一跳舞，苗人就归化了为例。这个时候，明朝已是内外交困，四面楚歌，眼看就维持不下去了，皇帝急需有切实可行的救国之策。所以，崇祯哭笑不得地说："宗周之言，愎拗偏迂"。马上就要天塌了，还说什么跳舞呀！

崇祯九年（1636），形势更加紧张，崇祯忙得焦头烂额，又苦无良策。这时候，刘宗周又上奏折了。他说只有你怀尧舜之心，行尧舜之政，那些内贼外寇，自然会解甲归心，不费一刀一剑，天下可平。崇祯看了他的奏折，不由怒火中烧。大骂刘宗周迂阔，斥以"如流寇静听其穷，中原岂堪盘踞？峰火照于甘泉，虚文何以撑住"。

崇祯帝急于求治，刘宗周却说先治心；崇祯帝要求才望之士，刘宗周却说操守第一；崇祯帝访问退敌弭寇之术，刘宗周却说仁义为本。所以，平心而论，明朝的覆灭，崇祯固然要负首要责任，那些无能的臣下包括刘宗周，也没起到应起的积极作用，他的那些迂腐之见，于事无补，成人笑柄，当然对后人也不无镜鉴意义。

建言建策，出计献谋，古时是刘宗周那些言官、大臣的责任，今天，则是许多研究机构和学者的义务。国外把这些机构称之为"智库"，也称"思想库"，即智囊机构、智囊团，是指由专家组成的多学科的，为决策者在处理社会、经济、科技、军事、外交等各方面问题出谋划策，提供最佳理论、策略、方法、思想等的公共研究机构。据统计，中国研究机构有两千五百多家，专职研究人员三万人，工作人员二十七万人。其中，以政策研究为核心、直接或间接为政府服务的"智库型"研究机构达到两千家。

人是不少，摊子也不小，国家拨的经费也很可观，但关键是能不能给决策部门提出切实可行的对策，而不是像刘宗周那样，尽发大而无当的迂腐之词，绝对正确而绝对无用。我看了许多报纸和刊物以及网站上的专家建议、学者高见，固有饱含真知灼见的，也不乏刘宗周迂腐之论的，让人看了或高深莫测，不得要领，或哭笑不得，没有任何参考价值。时下，虽然欣逢盛世，但急需解决的问题也不少，譬如如何治理通货膨胀，如何解决贫富差距过大问题，如何稳定上涨过快的房价，如何进行医疗改革，如何面对已经到来的老龄化社会等，政府急需一批高水平的、有指导意义的、数据准确、结论可靠的研究成果，以迅速对时局变化提出预警、专业分析和策略应对。可是，我们的专家、学者似乎并没有多少像样的建树，虽然各种课题、论文、报告、建议浩如烟海，但罕有经世致用有效可行的，多为屠龙之技，虚妄之术，其"愎拗偏迂"可与刘宗周有一比。

昔日，并不高明的崇祯帝，尚且能看出刘宗周的"愎拗偏迁"，并几次撵他回家；我们那些现代的刘宗周，倘若不认认真真拿出点"干货"，仍然腹无良谋，出谋划策尽为迂腐之言，高谈阔论皆为空泛之辞，以后的饭碗估计也不会太好端。

刘文典的"观世音菩萨"

20 世纪中叶，中国有一批特别优秀的国学大师，学贯中西，治学严谨，著作丰硕，见解不凡，庄子专家刘文典便是其中很有特点的一个。

他的狂傲尽人皆知，譬如他敢和蒋介石拍桌子，他觉得世上只有两个人才了解庄子，一个庄子本人，另外一个就是他。但也真有学问，不论是在抗战前的北大和清华，还是在战争时期的西南联大校园里，刘文典都是最有学术威望、最受学生欢迎的教授之一。

刘文典不但是著名学者，同时也是优秀教师。他讲课很有特色，所以上过他课的人都印象深刻，念而不忘。譬如他在西南联大任教时，有次在课堂上对学生讲，要把文章写好，只要注意"观世音菩萨"就行了。学生纷纷不明所指，他解释说："'观'就是要多多观察生活；'世'就是要明白社会上的人情世故；'音'就是文章要讲音韵；'菩萨'就是要有救苦救难，为广大人民服务的菩萨心肠。"听闻之后，学生们无不应声叫好。应该说，他抓住了好文章的真谛与根本。其真知灼见，就是对于今天的文章作者来说，也不无指导意义。

"多观察生活"，是写好文章的前提。好的文章，不论是小说、散文、言论、报告文学，必定是来自生活，又高于生活的。而坐在象牙塔里苦思苦想出来的文章，肯定空洞无物，脱离实际，因为那是无源之水，无本之木，不论自我感觉再好，也只能沦为文字垃圾的下场。所以，深入生活，观察生活，是一切作家、文艺工作者的获取创作灵感和积累素材的最重要源泉，离生活越近，观察生活越细，积累越丰，就越有可能写出好文章，创作出好作品。

"明白社会上的人情世故"，是写好文章的基础。《红楼梦》里说得好"世事洞明皆学问，人情练达即文章"。"世事洞明"说的是懂道理，知道大势所趋，明晓历史规律；"人情练达"讲的是识事理，有社会经验，处世老到。要"明白社会上的人情世故"，需要一定的人生阅历，杜甫诗云"庾信文章老更成，凌云健笔意纵横"，并非说人越老文章就一定会越好，但多年的历练，人生的境遇，的确会使作者的文章更有生活基础，更合乎寻常情理，而不是"少年不识愁滋味"时那种涉世不深的无病呻吟，无怪乎许多作家都会"悔其少作"。

"讲音韵"就是要讲文采，要把文章写得好看。好文章除了内容丰富，观点正确外，还需要语言活泼，形式新颖，文采斐然，读来琅琅上口，让人爱不释手。否则，倘若语言干巴，不讲修辞，缺乏美感，即使文章再正确，逻辑再严密，也显得面目可憎，味同嚼蜡，难以卒读。

"有救苦救难，为广大人民服务的菩萨心肠"，则尤其重要。有了这一条，文章就有了根，就接了"地气"，就会与读者心心相印，就会流传久远，甚至不朽。杜甫的《茅屋为秋风所破歌》，就因为一句"安得广厦千万间，大庇天下寒士俱欢颜，风雨不动安如山"而光彩尽出；范仲淹的《岳阳楼记》，本是平常泛泛之作，可因为一句"先天下之忧而忧，后天下之乐而乐"，竟成千古名篇。鲁迅先生的伟大，被称为思想家、大文豪，首先是因为他有一颗博爱之心，他深切地关爱着苦难的中国的同胞们，从闰土到祥林嫂甚至包括阿 Q，"俯首甘为孺子牛"，"我以我血荐轩辕"，"吃的是草，挤出来的是奶"，这样他就成了中华民族现代史上的一座文化高峰。

"文章千古事，得失寸心知"，一切有志把文章写好的人，一切想写出传世之作的作家，不妨借鉴一下刘文典的经验之谈，认真实践一下他的"观世音菩萨"五字箴言。

第四辑　文心雕虫

文人与做官

鲁迅先生说："中国人的官瘾实在深，汉重孝廉而有埋儿刻木，宋重理学而有高帽破靴，清重帖括而有'且夫''然则'。总而言之：那魂灵就在做官——行官势，摆官腔，打官话。"

一般来说，文人是不适宜做官的，可偏偏官瘾又最大，尽管文人在嘴上都表示不想做官，心里怎么想，很难说。毕竟，在官本位的社会，做官永远是令人向往的职业。而且文人的老祖宗孔夫子也说过：学而优则仕。

文人官瘾大却未必能做好官。迂腐，清高，是文人胎里带的毛病，书生气十足，是文人的致命弱点，所以，文人争权夺势常处于下风，勾心斗角又缺乏经验，孤芳自赏鲜有朋党哥们。再加上脸皮太薄心太软，该拍马奉迎时，他"安能摧眉折腰事权贵"，该请客送礼时，他"君子之交淡如水"，因而，即便上了官场也干不长干不好。

鲁迅做过教育部的小官，拿的薪水还真不少，可依鲁迅那脾性那抱负，宁折不屈，连教育部长都敢告上法庭，也实在无法干下去。他后来去教书，再往后，干脆辞了一切公职，当了自由撰稿人。我们得庆幸，多亏鲁迅及时退出官场，于是，中国历史上就多了一个令人高山仰止的文化大师，少了一个庸庸碌碌的小芝麻官。

胡适也是一个大文人，光博士头衔就有三十多个，可这人官瘾特大，做委员、做顾问、当大使，忙得不亦乐乎。不料，官越做心情越悲凉，五十岁时做诗哀叹："当了过河卒子，只得拼命向前"。晚年的胡博士总算明智清醒，急流勇退，又回到书斋。可惜他最好的年华都虚掷在官场上，今天人们之所以还能记得他，不是大使、委员，全靠他在做官前那十几年的文化建树。正如唐德刚对他的评价：搞政治，他不敢造反；搞外遇，他不敢越轨；搞文化，他虎头蛇尾。

名重一时的江南才子叶公超，是剑桥大学的高才生，二十三岁就在北大做教授。可是不甘寂寞，偏要跑去做官，虽然官运亨通，最后也爬上了"外交部长"的高位，可是受了一辈子窝囊气，经常被老蒋骂得狗血喷头，最后居然连出国的自由也被剥夺了。冷清收场后，他又去教英美文学，大受欢迎，如鱼得水，于是无限感慨：还是做文人最自由啊！

曾经当过大官的作家王蒙，下野后有两句打油诗："想当官的文人，不如想当官的官；想当官的官，不如想当文人的官。"这可是他发自内心的经验之谈，他曾经是个"想当官的文人"，后来又成了"想当文人的官"，最后又成了"想当文人的文人"，转了一个圈又转回来了。当然，这一圈也没白转，没有从大文人到做大官又重新做大文人的曲折经历，是难有这样的大彻大悟的，好在他只当了几年官，就及时解甲归"文"重做冯妇了，要不然，就指着早年创作的《青春万岁》和一些短篇，恐怕很难继续跻身于一流作家队伍，也不会有后来关于被诺贝尔文学奖提名的荣誉。

总而言之，我以为，真正有志想在文化方面出点成就的文人，就要远离官场，那不是你该去的地方。若实在官瘾难捱，那就当个作协主席、文联主席什么的"虚官"，虽"油水"不大，但活也不多，千万不要去当什么部长、局长，那活你干不了也干不好。中国作协副主席兼民俗文化协会主席的作家冯骥才就深明此理，故而在听了王蒙的自嘲诗后，他又补充道："想当官的文人，不如想当官的官；想当文人的官，不如想当文人的文人。"并幽默地说："老兄，咱们还是各干各的吧！"

说到底，人各有志，"想当文人的文人"，你就"大胆地往前走哇"；"想当官的文人"，你也"向前走，莫回头"。

"雅人"八大尴尬

某土地局局长正在台上做廉政报告，舌灿莲花，慷慨激昂，有理有据，台下不时响起热烈掌声。不料，反贪局人员已在门外等候多时，甫一下台，掌声未落，即被请君入"瓮"，顿时面如土色，呆若木鸡。

某名校"速成"文学博士，与学者侃侃而谈，盛赞李太白"古道西风瘦驴"为千古名句，客忍俊不禁。其上小学女儿急忙在一旁纠正：是马致远的"瘦马"，不是李太白的"瘦驴"。

某德育教授，德高望重，素来对校园内男女恋爱现象深恶痛绝，人称"道学先生"。一夜，"老夫聊发少年狂"，在发廊携小姐缠绵正浓，忽与一学生邂逅，大窘。学生倒彬彬有礼，恭敬问候：老师好！

某交通厅厅长大宴宾客，隆重庆祝夫妻银婚。儿女满堂，贵宾满座，颂扬爱情之声不绝，祝贺幸福之辞频频。忽有娇艳二奶打上门来，抱不及周岁婴儿，哭天喊地，要求某官出生活赡养费、感情损失费、青春耽误费。一时，席间大哗，乱成一团，厅长夫人当场休克，宾客作鸟兽散。

某大学博导，常在学生发表论文上署名，不著一字，尽得风流，并到处吹嘘，恬不知耻。突然被人举报，与学生"合著"文章是剽窃之作，慌忙洗刷不迭，想撇清干系。结果欲盖弥彰，越描越黑，难以自圆其说。

某大气功师，正在替人发功治病，神秘兮兮，煞有介事。忽然手机铃响，原来宝贝儿子突生急病，气功师脸色骤变，气急败坏，口不择言，大声训斥："还等什么，快送医院！"不及收费，慌忙离去，匆匆如丧家之犬。旁观者无不窃笑。

某年过七旬大款，携二八新婚娇妻逛街购物。正踌躇满志，傲睨天下，忽遇多年不见老友，热情寒暄，互致问候。老友感慨万分：孙女都长这么大了，还这样漂亮，快叫爷爷！大款窘极，支支吾吾，脸成猪肝状。

某著名作家，专写"脐下三寸"，绘声绘色，可与《金瓶梅》相"媲美"。自知毒性太大，作品锁进书柜，从来不让儿子看。一日回家，见儿子正在捧读其大作，看得津津有味，两眼发直，涎水直流。作家不禁暗自叫苦：坏了！我这是木匠戴枷——自作自受。

常说"文人无行"，即文人的品行或德行不好。可很少或从未听说过"武人无行""农人无行""工人无行"，那么是否文人真的就比武人、农人、工人格外的"无行"，当然不是。之所以特别地指责"文人无行"，依我看，恐怕多因文人的言行不一、口是心非而致。

"曾经沧海难为水，除却巫山不是云"，是唐代诗人元稹悼念亡妻韦氏的名句，曾经感动过多少痴情男女，至今仍被引用不衰。可是谁知道，写过这么动人诗句的元诗人，韦氏尸骨未寒，他就匆忙娶进新人，连朋友都看他不过，说"操之过急，恐遭物议"。这且不说，在韦氏之前，他还对一位小家碧玉始乱终弃，使得那位姑娘"声名狼藉"，不得不远嫁他乡。

也说"文人无行"

"谁知盘中餐，粒粒皆辛苦"，光读此诗，还以为诗作者多么悯农惜粮，生活俭朴，可评为节约标兵呢。其实，这位大诗人李绅吃饭时顿顿都是山珍海味，且有歌舞佐餐，清客助兴，排场大得很，当然这是因为李诗人头上还有一顶"司空"的官帽，才能撑起如此场面。

即是今人，也不见得比古人强到哪里去。

"曾因酒醉鞭名马，生恐多情累美人"，郁达夫这诗写得多洒脱，俨然看破红尘的世外高人，可是看他追大美人王映霞追得那个"鸡飞狗跳"的热闹劲，真让人怀疑这诗是出自他老兄之手。

梁实秋《悼亡妻》的散文，曾换来多少恩爱夫妻的感动之泪，可亡妻下葬未几，梁作家就以闪电的速度和一位女明星爱得死去活来，情书多到一天两三封，且秋行春令，肉麻之至。

台湾畅销作家林清玄，素以学佛者自居，在书中谆谆教诲读者怎样积德行善，扶贫济困，并以此而拥有大批读者，赚得上亿家产。可是却抛弃病中发妻，另结新欢，这且不说，还拒绝给前妻生活费。在台湾文坛顿时掀起轩然大波，各界人士纷纷谴责，最响亮的四个字还是"文人无行"。

"文人无行"，当然远不止于此，放眼历代文坛，鼓唇弄舌拍马溜须，奔走于豪门权贵之间者有之；阿谀奉承，为独夫民贼写劝进书者有之；甘当汉奸文人，粉饰太平，为虎作伥者有之；诲淫诲盗，胡编乱写，大发横财者有之；为大款吹喇叭，为明星抬轿子，以换得残羹剩饭者有之。干得如此龌龊低下，嘴上却说得冠冕堂皇，行事这般蝇营狗苟，纸上却写得光明正大，也就无怪乎人家要说一句"文人无行"。当然，平心而论，"无行"的武人恐怕比"无行"的文人要多得多，可人家坏就坏个本色自然，绝不矫情掩饰，譬如武人张献忠，野蛮成性，每每杀人杀得兴起，也只会咧着大嘴傻笑，而绝不会假惺惺地发什么"长太息以掩涕兮，哀民生之多艰"之类悲天悯人的议论的。

文人一生要去的几个地方

古人说：读万卷书，行万里路。又云：奇文须得江山助。因而，一介文人，要想有大成就，要写出好作品，一生一定要去这几个地方瞻仰遗址，领略风光，拜谒先贤，神交古人。

去严子陵钓台，可借一点清高气。严子陵不慕富贵，不媚皇权，甘于清贫，清白自居，垂钓富春江，终老山林，可谓高风亮节。来到这里，流连钓台，极目远舒，饮客星山清泉，拜严子陵祠堂，吟诵范仲淹名句"云山苍苍，江水泱泱，先生之风，山高水长"。经此耳濡目染，心领神会，即便做不到"只留清气满乾坤"，也可多少去一点俗气、浊气、铜臭气、方巾气。

去杜甫草堂，可沾一点慈悲气。杜工部一生贫寒，衣食常难自给，却每以天下为己任，为众苍生哭，为世间不平鸣，凝血泪而成《三吏》《三别》，《茅屋为秋风所破歌》更为大慈大悲之作，正是"身无分文，心忧天下"。浣花溪畔，草堂小坐，向大师讨教一二，会使我们也变得心热、笔热、文热，悲天悯人，笔端含情。

去采石矶，可染一点仙气。此乃诗仙李太白的终老之地，凡仰慕诗仙有志诗坛折桂者，不可不来。先登太白楼，再游谪仙堂，顺访青莲居士祠，俯视太白酒后捉月投江处，祭拜李白衣冠冢。然后，遥想诗仙当年，吟诵诗仙名篇，把酒问天，飘飘欲仙，实乃文人胜事。

去滕王阁，借一点才气。读王勃《滕王阁序》，方知何为文不加点，倚马可待；何为字字珠玑，神来之笔；何为学富五车，才高八斗。"落霞与孤鹜齐飞，秋水共长天一色。"一个文人一辈子能写出这两句就足以不朽，而王勃居然还有那么多锦绣文章，篇篇美不胜收。艳羡之情油然而生，于是，拾步登阁，上香一炷，默念《滕王阁序》两遍，虔诚鞠躬而三。

去黄鹤楼，沾一点牛气。"烟雨莽苍苍，龟蛇锁大江。"这里确为写诗之绝佳胜地，文人骚客到此，无不诗兴大发，可下笔前你得掂量掂量自己，崔颢一首诗就"牛"了上千年，即使目空天下的李白到这里也得息笔："眼前有景道不得，崔颢有诗在上头"。崔颢分明在教诲我等；文人得有点牛气，坚信"文章是自家的好"。倘若心虚气怯，不妨向崔颢稍借一二。

去十里秦淮，借一点灵气。六朝金粉，十里秦淮，"桨声灯影连十里，歌女花船戏浊波"，不知给了历代多少文人创作灵感，刘禹锡写成《乌衣巷》，杜牧吟就《泊秦淮》，孔尚任捧出《桃花扇》，朱自清与俞平伯联袂共献同题散文《桨声灯影中的秦淮河》。往事如烟，人去声绝，然李香君的媚香楼还在，魏源的"小卷阿"尚存，朱雀桥、桃叶渡依稀可寻。一路看去，访古寻迹，胸中仍有波澜；抚今追昔，感慨万千，笔下又起沟壑。

去东坡赤壁，沾一点豪爽气。天下胜景无数，但以诗赋而成名，以假乱真、以假胜真者，则非黄冈东坡赤壁莫属。千古不朽之散文名篇前、后《赤壁赋》，诞生于此；豪放派的扛鼎之作《念奴娇·赤壁怀古》，在此问世。文人骚客，无人不知、不赞"大江东去"，可只有身临其境，才能领略"乱石穿空,惊涛拍岸"之壮观,体味"浪淘尽千古风流人物"之神韵。登临此地,须大碗喝酒,大块吃肉,仰天长啸,方可不虚此行。

去三味书屋,可借一点浩然气。鲁迅一生,铁骨铮铮,宁折不弯,正气浩然,甘当人民大众的牛,向黑势力奋勇冲击,与旧传统决不妥协。三味书屋便是其启蒙之地,伟人即从这里走出。近观迅翁所用旧物,细游先生幼学旧址,联想文豪之博大思想,缅怀巨人之不世伟业,不由正气沛然,激情满怀。

人生苦短,路长景多,还须早日成行才是。一个文人,如果身上充溢着才气、仙气、灵气、豪爽气、清高气、浩然正气,那你不是东坡第二,也是鲁迅再生,恭喜你了!

多一些"高贵的低头"

　　著名人类学家和历史学家、英国学术院院士艾伦·麦克法兰先生应邀来华访问。旅程中，在飞机上、火车上，他见到了太多的"低头族"，无论男女老少，几乎人人都在低头看手机。而当他走进深圳图书馆时，却十分惊喜地发现，居然有那么多的孩子在认真地低头读书，不由地发出感叹"这是高贵的低头"。麦克法兰在"低头"前面加上形容词"高贵的"，既是对记载人类文明书籍的赞誉，更是对读书这一高雅行为的褒奖。

　　由此也引发了我的联想。前几天，我在去北京的高铁上，捧着一本《老子》在看。看着看着，突然觉得自己很"另类"，因为周围的人大都在低头看手机，或打游戏，或看电视剧。我又有意识地串了几节车厢，见到还有一个外国人在聚精会神看书，感动了一个中年妇女，她要给这个"老外"拍照片，说是带回去教育孩子。她的两个孩子一个读大学，一个读中学，都是"低头族"，平时不爱读书，成绩很差。

　　说到大学生里的"低头族"，我还是有点发言权的，我在大学任教，最头疼的就是如何提高学生的"抬头率"。因为一上课，满目望去，抬头听讲者最多也就是三分之一，余者大都是在低头玩手机。提醒一下，能好上几分钟，过了一会儿又旧态复萌。一次讲到张爱玲的文学成就时，我稍微加了点佐料，说到张爱玲有三恨：一恨鲥鱼有刺，二恨海棠无香，三恨《红楼梦》未完。我自以为很幽默地又补充一恨：四恨学生"抬头率"太低。这时，学生们才纷纷抬头干笑了几声，但很快又把头低下了，沉浸在游戏或韩剧中。

依我管见，如果说读书是"高贵的低头"，那么，玩手机就是不那么高贵的低头。"高贵的低头"，是为了学习知识，广博见闻，提高素质，增强本领，"高贵的低头"多了，将来就肯定会抬起"高贵的头"，建功立业，一鸣惊人。反之，少了这"高贵的低头"，腹中空空，不学无术，未来是注定没有希望的，想抬头恐怕也抬不起来，想出头就更无可能。毕竟，没有哪个老板聘人时会问应聘者会不会打电子游戏，看过多少韩剧，而只会关注应聘者的文凭、四六级证书、计算机证书、会计证、律师证等，而这些都是靠坚持数年"高贵的低头"换来的。

一位常年飞大客机的空姐观察到这样一个现象：头等舱旅客看书的较多，或曰"高贵的低头"，公务舱旅客看杂志或用笔记本办公的较多，经济舱旅客看电影、玩游戏、聊天、睡觉的较多。在机场，贵宾厅里面的人大多在"高贵的低头"，普通候机区基本上都在低头玩手机。于是引起了她的深思，到底是人的位置影响了行为呢，还是人的行为影响了位置呢？但愿她的"励志故事"也会引起众多"低头族"的注意和思考——如果想有辉煌的明天，就请你也多一些"高贵的低头"。

当然，"高贵的低头"除了功利的一面，立身处世的需要，同时也是为了享受读书欢乐。当我们坐拥书城，沉浸于知识的海洋，可神交于无数伟人领袖大师泰斗，可洞晓千百年来的风云变幻，可领略五湖四海的旖旎风情，可神游魅力无穷的未来世界，尽情享受"高贵的低头"带来的精神愉悦。而且，"腹有诗书气自华"，长期而自觉的"高贵的低头"，会使得我们耳濡目染，潜移默化，从书中学到高贵的见解，高贵的谈吐，高贵的举止，高贵的仪容，不仅可以步入成功者的行列，成为底蕴厚重的高雅君子，还会像海德格尔所说的"诗一样的栖息在大地上"。

啥样的"金句"能走红?

金句,顾名思义,像金子一样有价值、宝贵的话语。而且还得家喻户晓,老幼皆知,流传得越广,影响越大,金句就越有价值。金句,古已有之,于今为烈。什么样的金句才有价值,能走红?一言以蔽之,含金量要高。依我管见,含金量又可包括这样几个方面。

深刻冷峻,一语中的。金句一定要捅到事物的本质,人生的痛处,道理过硬,无可辩驳,逻辑严密,无懈可击。杜工部的"朱门酒肉臭,路有冻死骨",就把穷富对立,两极分化的现象描绘到入木三分。顾炎武的"天下兴亡,匹夫有责",则一针见血地阐明了个人与国家民族的关系。所以,这样的金句才能流传至今,被人频频引用。

提神励志,催人进取。古人霍去病说"匈奴未灭,何以家为?"沸腾了几千年志士仁人的热血;今人高晓松说"生活不只是眼前的苟且,还有诗与远方",鞭挞着那些醉生梦死者的灵魂;老外爱因斯坦说,成功=艰苦的劳动+正确的方法+少说空话,激励了无数在事业大山上努力攀登的强者,这些金句都字字珠玑,价值连城。

趋时入世，厚重致远。金句贵在影响生活，启发观念，所以一定要接地气，与时下世俗生活紧密联系。邓小平的金句"不管白猫黑猫，抓住老鼠就是好猫"，不仅当时为改革开放大造舆论，破除障碍，而且已载入史册，必将世代流传。著名相声演员郭德纲曾是个很有争议的人，各种非议多如板砖一样飞来，他坦然地说："成功就是善于把扔过来的板砖铺成道路。"他今天的大获成功，就与其善于实践"用板砖铺路"的金句有关。

惊世骇俗，剑走偏锋。金句就要与众不同，独出心裁，甚至不无偏激和争议，那些中规中矩，四平八稳的话绝成不了金句。陈胜的"王侯将相宁有种乎？"就让天下人大吃一惊；但丁的"走自己的路，让别人说去吧"，也噎得人喘不过气来。而范仲淹的"先天下之忧而忧，后天下之乐而乐"，与曹操的"宁我负天下人，而不使天下人负我"；文天祥的"人生自古谁无死，留取丹心照汗青"与桓温的"不能流芳百世，宁可遗臭万年"，因反映的是极端不同的价值观，因而分别成了流传千古的金句与"负金句"。

还要有一定地位和影响。倘若你是个平民百姓，人微言轻，即便言语再深刻，再励志，再趋时，也难成为流传一时的金句。名流贤达就不同了，阿里巴巴集团董事局主席马云说"人一定要有梦想，万一实现了呢？"小米科技董事长雷军说"站在台风口，猪都会飞"。诺贝尔文学奖得主莫言说"你若懂我，该有多好"，都成为不胫而走的金句。没办法，谁叫人家是名人呢，而且话也确实精彩。当然，凡事都有例外。说出"世界那么大，我想去看看"金句的，就是一个普通教师，不过这只是昙花一现的小概率事件，不足为凭。

金句要走红，还要言简意赅，短小精悍，长篇阔论，啰啰唆唆的，肯定没戏；还要风趣幽默，语言诙谐，板着面孔说话也难有市场；可能还需要一点炒作造势，以吸人眼球。能做到这几点，你的金句肯定会走红大热，流传一时，凡有井水处，皆知晓你的金句，不信就试试。

闲话"读书种子"

说到"读书种子",我们就会很自然想到明朝的方孝孺、钱允治,民国时期的叶德辉、陈寅恪,后来的钱钟书、季羡林。这种人不可能太多,但绝不可以没有,一个时代充其量也就是那么三五人,如同凤毛麟角,价值极高,弥足珍贵。

"读书种子"一词,出自宋代周密《齐东野语·书种文种》:"山谷云:四民皆坐世业,士大夫子弟能知忠、信、孝、友,斯可矣,然不可令读书种子断绝。"也就是说读书特别多、影响非常大,且能在文化上承先启后的读书人。

就说方孝孺吧,在明朝开国名臣宋濂精心雕琢和陶冶下,"进修之功,日有异而月不同"。被称之为"明之学祖"。《四库全书总目提要》中也称他"学术醇正,而文章乃纵横豪放,颇出入于东坡、龙川之间"。《明史·方孝孺传》记载,建文三年,燕王朱棣反。军师姚广孝曾跪求朱棣说:"南有方孝孺者,素有学行,城下之日,彼必不降,幸勿杀之。杀孝孺,天下读书种子绝矣。"但最后,朱棣仍然把方杀了,还异常残忍地诛了他十族。有明一代，文化建设都不怎么样，没搞出什么像样的东西，也没出几个特别优秀的大师级人物，甚至有些方面还不如大搞"文字狱"的清代，大概就与杀了"读书种子"有关。

好在后来明末又出了个"读书种子"。钱允治，字功甫，家贫，文征明曾为其题室名"悬磬"，就是空无所有的意思。但他却极爱读书，极爱藏书，一有闲钱，马上用来购书，收录古文金石书凡数千卷。钱曾《读书敏求记》说："功甫老屋三间，藏书充栋。白曰检书，必秉烛，缘梯上下。所藏多人间罕见之本。"《列朝诗传》说他："年八十余，隆冬病疡，映日钞书，薄暮不止。功甫殁，无子，其遗书皆散去。自是吴中文献无可访问，先辈读书种子绝矣。"

清末民初湖南人叶德辉，政治上顽劣，生活上腐朽，曾逼令娼妓群相裸逐，大有殷纣遗风。但另一方面，他不仅书读得多，藏书宏富，而且在学问上颇有建树，著述甚丰，他的目录学《书林清话》，直到今天，依然是这一行的权威著作和必读书。1927年，闹农运的民众把叶德辉抓起来，章太炎听说后，赶忙发了个电报来求情，对革命党人说，"湖南不可杀叶某，杀之则读书种子绝矣。"但电报到的时候，为时已晚，叶德辉已被"从快从重"。

人称"教授的教授"的国学大师陈寅恪，十二岁就出国留学，在国外近二十年，先后辗转于日、英、德、法等国的数十所名牌大学。他学富五车，满腹经纶，至少掌握了五种语言，精通佛学、哲学、儒学、史学和文学，被公认为是留学生中最杰出的"读书种子"。可是却没戴过一顶博士帽。因为他从来不以拿学位和博士帽为念，只要他自己认为这门课程已掌握了，哪怕再有一个月就可以拿到学位戴上博士帽，他也不肯再呆下去。他回国后，梁启超引荐他进清华大学时，高度评价说，他虽然没戴博士帽，但比那些博士水平高十倍不止，他写的几篇短文，比我的著作等身更有价值。

钱钟书先生读了一辈子的书，一辈子都在读书，堪称中国现代难得一遇的"读书种子"，他在清华上学时，几乎读遍了清华图书馆的文史类藏书，而且博闻强记，他的名著《管锥编》和《谈艺录》，据统计，所引中外书籍就近一万种，被人誉为"文化昆仑"。他家里藏书极少，只有不多的两柜，大概是他大多数书都烂熟于心之故吧，有学生向他请教问题，他马上告诉学生，在哪本书的第几页可以查到，屡试不爽。令人叹为观止。

　　"读书种子"是培养不出来的，也与教育计划无关，可遇而不可求，但好的气候和土壤却有助于其出土发芽、开花结果。多出几个"读书种子"也是盛世气象，万一遇上了，理当格外珍惜爱戴，即便不以国士待之，至少也应给他提供一个宽松环境。

"梭罗情结"之真伪

美国作家梭罗的《瓦尔登湖》，是一部被艾略特称为"超凡入圣"的书；也曾被美国国家图书馆评为"塑造读者心灵的二十五本书"。自二十世纪八十年代有了中译本后，几乎每年都有新译本问世，且都销路不错。尤其是这几年，《瓦尔登湖》在国内迅速升温，文人们谈梭罗成了很时髦的事，一张报纸上有时可以读到几个作家同时大谈梭罗，似乎不如此就有落伍之嫌，就像前些年人人争说卡夫卡、马尔克斯一样。这其中，凑热闹、赶时髦的自然也不在少数。

回归自然，远离喧嚣，乃梭罗情结的核心。这其实也是老庄哲学的要义，咱老祖宗并不缺这玩意儿。再早还有伯夷、叔齐，武王灭商后，他们远离城市，辞别红尘，耻食周粟，采薇而食，最后饿死在首阳山。后来，韩愈还写了篇《伯夷颂》，歌颂他们我行我素、卓而不群的精神，称赞其"特立独行、穷天地、亘万世而不顾者也。"

若论回归自然的坚决，梭罗也不如陶渊明，陶是个真正的隐士。梭罗不过在瓦尔登湖住了两年多一点，而陶渊明的后半辈子都是在偏远山村度过的，"方宅十余亩，草屋八九间"，"夫耕于前，妻锄于后"，虽偶尔也能"悠然见南山"，大多数日子还是很艰辛的，但他却甘之如饴，从无反复。陶渊明的粉丝很多，李白也是一个，他多有赞赏陶渊明的诗句，可自己骨子里又是个极喜欢热闹的人，经常奔走于王公权贵之家。古人早有明论，"渊明以酒而心愈淡，太白以酒而气愈豪"，他俩其实不是一路人。还有许多自诩仰慕陶公、具有"渊明情结"的文人，其实也都是徒有虚名的。

富春江畔的严子陵，比梭罗隐居得更彻底。他不肯到皇帝同学那里做官，也不愿到都市里当寓公，而宁愿躲到江边茅屋里，耕读垂钓，自给自足，不问世事纷繁，被视为世外高人，享有极高声誉。范仲淹慕名来拜谒后，在《严子陵祠堂记》里写道："云山苍苍，江水泱泱。先生之风，山高水长。"可他也就是赞叹一下罢了，像他那样喜欢搞大局面，惯于显身手于庙堂之高的政治家兼文学家，并不准备效法严先生，而是随时都在准备应诏进京，实现其政治抱负。他的"子陵情结"，自然也是说说而已。

同样道理，今天的一些文人，嘴上可以大谈梭罗，貌似对《瓦尔登湖》一往情深，但实际上，不要说让他去隐居两年，就是一星期没人理他，他都无法忍受。形形色色的笔会、评委会、研讨会；五花八门的演讲、酒宴、排行榜；还有缤纷多彩的采访、出国访问、签名售书，生活实在太丰富多彩了，让他远离喧嚣，回归自然，那不等于要他的命嘛！

这似乎已成了个规律，大家都不想做的事情，偏偏要大声叫好；人人都在干的事情，却个个讳莫如深。许多文人吵吵着要回归自然，可又都在大都市里待着，哪儿热闹往哪儿去；嘴上都鄙视金钱名利，可一遇到与名利有关的好事，都打破头一样往上冲。

当然，事情不能一概而论，在我印象里，文化人里，钱钟书、王元化、海子、张炜、刘震云还有再早的柳青、王蒙等，都具有"梭罗情结"，能一生或一段时间里回归自然，淡然世外。他们或隐居乡野，潜心读书写作，或"大隐隐于市"，不凑热闹，不赶时髦，甘于寂寞，勤奋探索，就像梭罗在书中所言："不必给我钱，不必给我名誉，给我真理吧。"

诗人海子弃世时身边带的四本书就有《瓦尔登湖》，可谓生死不离，我们还到不了他那个痴迷程度，但无论如何别忘记，"《瓦尔登湖》是一本寂寞、恬静、智慧的书。"（徐迟语）读此书，须心地澄澈、静谧、纯正。另外，修行不到，也不要轻易与梭罗谬托知己，拜托了！

笃信几句名言

名言，顾名思义，就是名人说的有名的话。名言，多兼有一定的思想性与艺术性，并具备较高的道德高度，且言简意赅，高度凝聚，琅琅上口，简明好记。名言，要经过历史的反复沉淀和选择，如同披沙沥金，能流传下来的，肯定都有相当的含金量。

学习并实践名言，对一个人的成长进步，有明显的促进作用，至少可以激励斗志，让我们永不懈怠，可以使人警醒，少走弯路，可以催人奋进，战胜困难，走出低谷。所以，很多人都喜欢名言警句，特别是那些事业成功者，无不笃信名言，并让名言与自己陪伴终生。

革命先驱孙中山先生最喜欢宋代思想家张载的名言："为天地立心，为生民立命，为往圣继绝学，为万世开太平。"在这一名言激励下，他屡战屡败，屡败屡战，不懈拼搏，奋斗一生，终于带领人民推翻帝制，建立共和，实现了求解放、"开太平"的伟大理想。

京剧大师梅兰芳最喜欢亚圣孟子的名言："富贵不能淫，贫贱不能移，威武不能屈。"他也确实演戏演得轰轰烈烈，做人做得堂堂正正，是个顶天立地的中国人。抗战期间，为了不给日伪演戏，他蓄须明志，八年不上戏台，没有收入，就靠卖字画、典当衣物为生，表现了一个有民族气节的艺术家的铮铮铁骨，高尚情操。

著名学者季羡林先生最喜欢屈原的名言："路漫漫其修远兮，吾将上下而求索。"这也是他一生学习研究生活的真实写照，他不仅在多个领域里广有建树，而且是活到老，学到老，探索真理到老，直到将近百岁高龄，还在不懈思考、研究、著述，给我们留下了丰硕的研究成果和宝贵的精神遗产。

模范公仆孔繁森最喜欢的名言是："青山处处埋忠骨，何必马革裹尸还。"他第一次进藏工作时，自撰了一幅对联："是七尺男儿生能舍己，作千秋鬼雄死不还乡"，激励自己；二次进藏时，他又写下"青山处处埋忠骨，一腔热血洒高原"，以此铭志。他也正是这样实践的，把一切都献给了祖国和人民，谱写了壮丽的人生乐章。

科学巨匠钱学森最喜欢的名言是"以天下为己任"。为了新中国的"天下"不受威胁，为了人民的"天下"永保安康，他冲破了美国反动势力的种种迫害和打击，放弃优厚的生活待遇，回到祖国，把全部心血和智慧，奉献给祖国的导弹和航天事业，为新中国国防科技事业作出了巨大贡献。他的英名将永垂史册，他的丰功伟绩将永远为人民所铭记，他的爱国情怀也将成为中华民族的宝贵精神财富。

小巨人姚明最喜欢鲁迅的名言："地上本没有路，走的人多了，也便成了路。"刚闯进 NBA 时，他曾被人嘲笑，曾遇到挫折，也有过低谷，但姚明没有屈服，他不放弃不抛弃，坚定不移地走下去，走出了一条中国球员从未走过的充满荆棘的坎坷之路后，终于大放异彩，7 次入选 NBA 全明星。

从某种意义上来说，学习名言，就是与大师巨匠们交谈，聆听先哲圣贤的教诲；践行名言，就是沿着成功者的道路前行，努力跻身成功者的行列。如果我们每个人都能从喜欢名言到笃信名言，从实践名言到印证名言，有几句隽永睿智又适合自己的经典名言融入我们的生活，充实自己的思想，指导自己的行动，伴随自己走向成功，也是人生之大幸啊！

等等，再等等

2018 年 10 月，举世关注的"诺贝尔奖"陆续公布，连续十一年的"诺奖"热门候选人、日本作家村上春树，再次与"诺贝尔文学奖"失之交臂。他很失望，他的众多粉丝也很失望，只能对他满怀情感地说一句：等等，再等等，好饭不怕晚，该是你的，早晚会属于你。

其实，呼声很高，却无缘"诺奖"的人远不止村上春树一人。四位华裔科学家，也因成果显著而被多家媒体预测会榜上有名，最终也名落孙山。对他们的安慰，还是那句话：等等，再等等，好饭不怕晚。

说到等等，"诺奖"历史上等了几十年的大有人在。比如，南非前总统曼德拉，因为反抗种族隔离政策，足足坐了 27 年牢。出狱时，已 72 岁高龄，这期间，他已被多次提名为"诺贝尔和平奖"候选人。但是，直到他出狱三年后，才获得"诺贝尔和平奖"；四年后，他当选南非总统；十年后，被选为最伟大的南非人；二十年后，他被尊称为"南非国父"。如果没有耐心等待，如果不是心平气和地坚持走自己的路，如果不是心胸坦荡地处世理政，他不可能取得这样的辉煌。

还有等的更长的。2013 年，八十二岁的加拿大女作家爱丽丝·门罗，成为"诺贝尔文学奖"历史上第十三位女性获奖者，被誉为"当代短篇文学小说大师"。为了等这一盛誉的到来，她辛勤耕耘了将近七十年。有人说她不够聪明，不是写作的材料，她不理会；有人说她专写短篇小说，得不了"诺贝尔文学奖"，她不为所动，一心写她的"豆腐块"；有人说她是小地方的小作家，写的东西根本没人注意，她仍不受干扰，坚持不懈……最后，终于等来了属于她的"好饭"。

　　张爱玲有句名言："出名要趁早。"世界上没有谁一等再等，成心把"好饭"拖到最后才端上来。或食材难凑，或火候不到，或制作复杂，或其他原因，"好饭"晚到，也是不得已的事。遇到这种情况，需耐心等待，不能着急。如果机遇不逢，积累不足，功力不够，火候不到，强行揭锅，必然会吃"夹生饭"。

　　学者作家张中行，七十五岁之前默默无闻，因为时机不到，他只有耐心等待。提到他时，人们会说是《青春之歌》里那个落后男人余永泽的原型。七十五岁以后，改革开放，他也等来了自己的"好饭"，突然出现"大爆发"。新作一本接一本问世，内容一本比一本精彩。《负暄琐话》系列，平和冲淡、清隽优雅；《禅外说禅》深入浅出，雅俗共赏；《说梦草》《顺生论》思想深刻，文笔优美；《流年碎影》娓娓道来，平实自然。一代散文大家，就这样横空出世，惊艳一时。

　　等，是灵魂的煎熬，也是意志的打磨；是能量的集聚，也是事业的升华。因为，无论是科研成果，还是诗文著作，都需要时间检验，需要历史鉴定，也需要取得人们的共识。所以，世人看到的"诺贝尔奖"得主，以白发苍苍者居多。等待，让他们变得淡定；等待，使他们日益睿智，他们坚信，辛勤耕耘必然会迎来丰收。

　　当然，岁月苦短，时不我待，毋庸讳言，也有等不到的。"冯唐易老，李广难封"，是两个没有等到的古人；鲁迅、老舍、沈从文等都曾被推荐为"诺贝尔文学奖"候选人，均因天不假年而错过。这也很正常，什么时候都有被低估的事、被埋没的人，即便他们没有得到该得的奖项和荣誉，但其不朽事业、道德文章，仍会广为流传，泽被后世，他们自己也会毫无愧色地跻身英杰行列。

让古诗词嵌在脑子里

一个中国人，如果脑子里不装上些古诗词，就很难叫有文化；一个官员，如果没读过四大名著，不懂点唐诗宋词，就无法与群众对话；一个作家，倘若背不了几十篇古文、几百首古诗词，他写的东西就没"根"，这就是那句老话：腹有诗书气自华。

这些古典诗文，大多来自于我们的启蒙时代，来自于小学生时摇头晃脑的晨读夜诵。所以，听到某地把古诗词请出小学一年级课本的消息，顿时舆论哗然，质疑声此起彼伏。当然，人家删古诗词的理由也冠冕堂皇：减负。

减负肯定是必要的，但减什么留什么却大有讲究。古诗词是中国文化的精粹，小学生学的古诗词，多是反复筛选更精炼也更优秀的篇目，是中国传统文化的代表作，诚如某学者所言"在思想上有大智，在科学上有大真，在伦理上有大善，在艺术上有大美"。如果不由分说把这些优美的诗篇一斧头砍个干净，说轻点是有失偏颇，说重点是暴殄天物，鼠目寸光。

161

不过，也有令人欣慰的消息传来，北京市义务教育语文教材中，小学一年级《语文》的古典诗词，将由现在的六到八篇增加到二十二篇，整个小学阶段不少于一百篇，目的就是要让孩子打小多接触古代经典，多从中汲取营养。

1999年，联合国教科文组织宣布每年2月21日为"世界母语日"。设立的目的很明确，呼吁各国政府推动教育部门教授儿童母语，来推动保护语言多样性这一珍贵遗产。熟悉热爱母语，传承其精华，光大其魂魄，这也是所有热爱民族文化的有识之士的基本共识，因而，俄罗斯人永远不会把普希金请出课本，英国人始终热爱着莎士比亚，美国诗人惠特曼的《草叶集》，印度诗人泰戈尔的《飞鸟集》，智利诗人聂鲁达的《黄昏集》，都被选入各自国度的各种课本，为人们耳熟能详。作为炎黄子孙，我们为什么要数典忘祖，冷落李白的《静夜思》，疏远杜甫的《望岳》，遗弃王之涣的《登鹳雀楼》？

试想，当我们教育孩子要节省粮食时，来一句"谁知盘中餐，粒粒皆辛苦"；当我们称赞老人家老当益壮时，用一句"老骥伏枥，志在千里"；当我们表达爱情时，引一句"在天愿作比翼鸟，在地愿为连理枝"；当我们面临生死抉择时，吟诵"人生自古谁无死，留取丹心照汗青"；当我们感谢教师时，背一句"春蚕到死丝方尽，蜡炬成灰泪始干"；当我们表达爱国情怀时，脱口而出"苟利国家生死以，岂因祸福避趋之"，该是多么贴切自然，传神达意，又精辟简洁，富有感染力，简直是一句顶一万句。而如果离开了这些言简意赅的古诗词，我们的表达又将会是何其乏味和无力？这就是古诗词的巨大魅力。

文化是民族的血脉，古诗词是优秀传统文化的精华。在中华民族艰难而辉煌的发展历程中，丰富多彩底蕴厚重的古诗词始终在为国人提供精神支撑和心灵慰藉，丰盈着我们的灵魂，强壮着我们的筋骨，砥砺着我们的情操。让古诗词嵌在学生们的脑子里，也嵌在每个国人的脑子里，这既是圆"中国梦"的精神储备，也是为了我们诗意地栖息。

寒酸的龚古尔文学奖

2014年11月5日，法国龚古尔文学奖在巴黎德鲁昂饭店揭晓。法国六十六岁女作家莉迪·萨尔维尔凭借作品《不哭》被授予本年度龚古尔文学奖。重赏之下，必有勇夫，已为实践所反复证明是屡试不爽的一条"真理"。可是龚古尔文学奖却不信这个，他们的奖金，说出来可能会叫人齿冷，只有区区10欧元，实在是"寒酸"。

可以不客气地说，我们国内任何一级文学奖都比它高得多，几千元的奖金已被人视为"鸡肋"，没有万元以上就拿不出手。中国文学界的四项大奖茅盾文学奖、鲁迅文学奖、老舍文学奖、庄重文文学奖奖金都是数万元，而且，得奖奖主所在省市还会层层再奖，往往是数倍于文学奖，一个获奖者最后拿上几十万甚至上百万奖金都不算稀罕。

文坛重赏，文人有幸，搞不好哪一次撞上大奖，骤然暴富，一辈子就吃喝不愁了。文坛重赏，又是文人之大不幸。文人性"贱"，太穷了没法写东西，太富了也就不会写好东西了。如今这阵势，左一个大奖，右一个大奖，钱迷心乱，引诱得文人坐卧不安，哪还有心思去"披阅十载，增删五次"，去推敲苦吟，在这种氛围下，是注定难出大文人大作家的。

而且，从历史上来看，文坛佳作传世名著，没有一部一篇甚至一句是重赏刺激出来的。马克思的《资本论》，出版后的稿费还不及他写作时抽掉的雪茄钱；曹雪芹的《红楼梦》，则连一分钱收入也没有，有的只是"举家食粥酒常赊"；王勃的千古名篇《滕王阁序》，仅换来几杯薄酒；左思的《三都赋》，十年辛苦，虽有"洛阳纸贵"之誉，也不过是让造纸商发了大财。而一些重赏换来的作品，即使出于名家之手，也多是有铜臭气无笔墨香，像韩昌黎贪图重金给人家写的那些墓志铭，像司马相如为千金重赏而给陈皇后写的《长门赋》，别说是"藏之名山，传之其人"，就是当时也为文人骚客所瞧不起，被认为是"谀世媚时"之作。

当然，文坛设重奖，对于提高文学地位，提高文人创作积极性，可能多少会有所帮助，但也绝不可看得太重，指望通过巨额奖金来为传世之作"催生、助产"，恐怕是不大现实的，就是举世瞩目的诺贝尔文学奖所评出的东西，也是良莠不齐，远非人人叫好。毕竟，文学大奖悬赏，总不会像重赏征集杀手那样简单便当，只凭脑子一热，一股蛮力，就能马到成功。也不会像明星征婚那样热闹，一呼百应，阿狗阿猫都来应聘。文学创作，只有发扬"板凳要坐十年冷"的刻苦精神，不受金钱诱惑，安心书房，清心寡欲，舍得花心血花时间，苦干上十年二十年，甚至更长时间，才有可能拿出传世佳作。

"鸟翼绑上黄金，它还能飞远吗？"泰戈尔这话的确不时髦了，但这个道理却不会过时，尤其是在文坛浮躁气氛日渐浓郁的今天。想想看，在一个正在写作的作家面前放上一堆闪闪发光的银子，他就能写出闪闪发光的精品吗？龚古尔文学奖的组织者想来是坚信这一道理的，他们虽然只有象征性的 10 欧元奖金，可是其影响一点也不比诺贝尔文学奖逊色，而且还更专业一些，许多著名作家都以获龚古尔文学奖为荣，而并不计较这微乎其微的奖金数目，因为这是文学界崇高的荣誉，也是业界对作家的权威肯定。

　　还是迅翁说得好："穷极，文是不能工的，可是金银又并非文章的根苗。然而富家儿总不免常常误解，以为钱可使鬼，就也可以通文。使鬼，大概是确的，也许还可以通神，但通文却不成。"

闲话"罪己诏"

　　帝王也会犯错误，而且经常犯错误，犯了错误怎么办？臣下、百姓是不能批评的，看着他往火坑里跳你也不能出声，说不好就有掉脑袋的危险。但有点自知之明的帝王，一旦醒悟过来，就会发个"罪己诏"，也就是帝王给上天的一份检讨书。

　　"罪己诏"，是古代帝王在朝廷出现问题、国家遭受天灾、政权处于安危时，自省或检讨自己过失、过错发生的一种口谕或文书。"罪己诏"，有一定积极意义，一来表达了他们为了国家和人民，愿意把事情办好的愿望；二来可以笼络人心，造成一个团结一心的局面。

　　中国古籍中记载的第一份"罪己诏"是《尚书》中记载的《汤诰》。后来，还有《诗经》中的《周颂·小毖》是周成王的罪己诗，《尚书》中的《秦誓》是秦穆公偷袭郑国惨败后的罪己文。汉文帝则是第一位正式发下罪己诏的皇帝。最后一份罪己诏是袁世凯在取消帝制后发过的类似"罪己诏"的文书。据历史学家黄仁宇先生统计，在《二十五史》中共有89位皇帝下过264份"罪己诏"，平均每8年就下有一份罪己诏，皇帝们也够"诚恳"的。

"罪己诏"里,以唐太宗的姿态最高,当然也可说调子最高。贞观二年(公元 628 年),旱、蝗并至,唐太宗下"罪己诏"诏曰:"若使年谷丰稔,天下乂安,移灾朕身,以存万国,是所愿也,甘心无吝。"他为了百姓有饭吃,宁愿上天把一切灾难都降在他一人身上,能不能做到是一回事,话说得是够漂亮的,当然,人家毕竟有个贞观之治摆在那儿,你不服还就不行。

而"罪己诏"里心情最沉痛的,则非汉武帝莫属。汉武帝晚年,任用江充,酿成"巫蛊之祸",逼死太子刘据和卫皇后,受株连者数万人;受方士欺骗,求仙炼丹;穷兵黩武,横征暴敛,干了很多狂妄悖谬之事。痛定思痛,他在"轮台罪己诏"中自责悔过("深陈既往之悔"),不忍心再"扰劳天下",决心"禁苛暴,止擅赋,力本农","由是不复出军。而封丞相车千秋为富民侯,以明休息,思富养民也"。

这玩意儿到底有没有用呢?应该说有的有用,有的没用,因人而异,因事而异。建中四年(公元 783 年),长安失守,德宗仓皇逃亡,被叛军一路追杀至陕西乾县。次年春,他痛定思痛,颁发了一道《罪己大赦诏》,诏中文字真挚动人,很有感召力,据史料记载,唐德宗颁"诏"后,"四方人心大悦","士卒皆感泣",民心军心为之大振,不久,动乱即告平息。

有时也没用。崇祯皇帝是下过"罪己诏"最多的皇帝之一,前后写过 6 次,态度很诚恳,检查也颇到位,可当时大势已去,义军匪盗蜂起,女真人步步紧逼,吏治空前糜烂,军事一塌糊涂,大厦将倾,写再多"罪己诏"也没用。于是,李自成军队攻入北京后,他自缢煤山,留下最后一道"罪己诏":"朕自登基十七年,逆贼直逼京师,虽朕谅德藐躬,上干天咎,然皆诸臣误朕。朕死无面目见祖宗于地下,去朕冠冕,以发覆面,任贼分裂朕尸,勿死伤百姓一人。"

平心而论，作为"君权神授"的古代帝王，权倾天下，尊严无比，百姓疾苦重要，皇帝面子也很重要，能对自己的过错反省悔悟，就已经十分难得了，倘若再写成文告——《罪己诏》，颁示天下，就更属不易了。至于是出于至诚，还是迫于无奈，有几分真心，几分作秀，那就不得而知了，无论如何总比死不认错，固执到底要好吧。有了"罪己诏"这个不成文的制度，对那些无法无天的帝王多少总是个约束。

第五辑　似水流年

子弹拐弯

一颗普通步枪子弹能打一千二百米到一千五百米，这是基本常识，但有一颗子弹居然会拐弯，且飞行了两千五百米，还打中一个人，就匪夷所思了，可这事却让我碰上了。

那是 1976 年初春，我在湖北襄北农场新兵连当副连长。新兵打靶是必须的重点科目，既要安全，还要保证效果，可襄北那一带是大平原，很难找到一个合适的靶场。连长是团里的军务参谋，还是我当新兵时的排长，很有经验，带着我转了好几天，最后才决定在一个河堤上设靶场，人与靶子隔一条河，正好一百米宽，人在这边射击，报靶员在那边报靶。为安全起见，还在周围都设了岗哨，两千米以内都没有人。

打靶那天，是个周六，略有小风，天气晴好。我们用的是 56 式半自动步枪，每人打十发子弹，卧姿有依托。我和连长先示范射击，讲解注意事项后，开始打靶，每十人一组，打完一组，报一次靶。新兵们第一次射击，都很兴奋，成绩也不错，看来平时没白练。没有一个打光头的，最次一个也中了三十环，还有一个瞄错了靶，把子弹都打到人家靶子上了，只好重打，这两位比别人多打了十发子弹，虽然受了批评，但

170

还是很得意。打得最好的一个，是个来自安徽铜陵的女兵小徐，居然打了八十八环，她的心里素质与稳定性特别好。当时我们就留了意，后来军区射击队来选苗子时，就推荐了她，她也不负众望，很快就脱颖而出，从军区射击队又打到八一队，拿过好几个全国冠军。当然，这是后话。

打靶很顺利，上上下下都高兴，回去还改善了生活。可几天后，电话打过来了，襄阳军分区一个科长问，周六那天你们是不是打靶了，我们如实回答是。科长说，出事了，附近一个群众被打伤了，你们赶快去陆军医院看看吧。接完电话，不敢怠慢，我和连长赶忙去了医院。受伤的是个六十来岁的老农，那天上午，他正在自家自留地里干活，突然觉得后背被什么东西咬了一口，摸了摸，也没摸着什么。回家后，脱了衣服，才发现背上有个口子在流血，疼得受不了，儿子就拉车送他到了医院。照张片子一看，肺里有个阴影，判断是个子弹头，就马上动手术，把子弹头取了出来。接到报告，军分区就全面排查了周边的部队和民兵，结果是那一天就我们有射击记录。军民关系是大事，保卫部门马上介入调查，查的结果很奇怪，中弹的老乡离我们有两千五百米之遥，而且与我们的射击方向不符，无法解释。最后又请来弹道专家来勘察，经过反复试验，得出结论，这是一颗特殊的跳弹，击中河堤石头后改变方向又飞出去两千五百米，误伤了那位老乡。

弹道专家说，他也从未经历过这样的事，只在教科书上看到过此类案例，或许这颗子弹可能在装药时有异常，所以才有这么远的飞行距离，这是个百年不遇的小概率事件。有了专家的解释，我们的责任就小多了。最后给老乡的赔偿是，免除所有医疗费，还送他一身军装，两双解放鞋，一百元现金，一百斤粮票，三十尺军用布票。现在看来赔的太少，但在当时还是很可观的，老农一家挺满意的。

很多年后，我在郑州街头邂逅老连长，请他吃饭，酒酣耳热之际，不免又提到那颗匪夷所思的跳弹，他还耿耿于怀，不能释解：真奇怪，子弹会拐弯，居然还伤了人，我实在想不通。

蔡石头

当过兵的人都知道，军营里有个规矩，每天晚饭后要进行"晚点名"，以清查人数，看看有无缺位，在岗多少，然后据实报给上级军务部门。

我刚当兵时，曾在湖北深山一支技术部队的混编连队服役过，约有一百来人，男、女兵各半。男兵大都是来自河南、湖北农村的农民家庭，女兵几乎都是来自北京和武汉军区机关大小干部家庭，没多久，那文化背景和生活习惯的差异就显现出来了。

就说这晚点名，一开始就笑场了。男兵的名字多是乡村气息极浓的"原生态"，什么王满囤、刘满场、徐发财、陈吉利、孙丰收，张有福，这还是好听的；还有更形象化的，什么蔡石头、张砖头、冯牛娃、柴狗剩、秦土地等。女兵的名字则都是娇滴滴的，什么侯亭亭、于珊珊、李薇薇、孙云云、黄平平、李丹丹，再就是用"小"字过渡，什么王小琳、陈小敏、赵小丽、胡小岚、朱小倩等。

连长姓贾，身高马大，声音洪亮，满嘴山东口音。点男兵名字时，女兵们忍不住捂着嘴吃吃发笑，没想到天底下还有这么土的名字。指导员在旁边一个劲地喊："严肃点，严肃点！"而点到女兵时，男兵们则报复性地、放肆地笑成一片，中队长生气地把花名册摔在地上："笑，笑，让你们笑，集体罚站半小时，让你们笑个够！"

以后再点名时，没人敢笑了，但腹诽却挡不住，私下议论更是热热闹闹，名字成了大伙说不完的话题。

那个被笑得最厉害的战士蔡石头，朴实憨厚，脸庞黑红，就像熟透的高粱，一和女兵说话脸就更红了，就因为这个土得掉渣的名字，很长时间里都抬不起头来。后来，他外出时，因救了一个在铁轨上差一点被火车撞死的老大娘，立了三等功，被树为团里先进典型。军区政治部的宣传干事帮他整材料时，不仅妙笔生花，大大提升了他的思想境界，还在他的名字上下了一番功夫。说是蔡石头出生时，父亲就希望他做一块革命的奠基石，蔡石头一直牢记父亲教诲，加上部队大学校的熏陶，这才有了舍己救人的一幕，所以，"我为我的名字骄傲"。不过，后来蔡石头提干后，和一个武汉女兵谈恋爱，人家说对你哪儿都满意，人老实，肯干，好学上进，对人热情，就是觉得名字太土，会让别人笑话。恋人的话那就是圣旨，蔡石头毫不犹豫地抛弃了他那具有"革命奠基石"意义的名字，立马打报告，改成了当时最时髦的"卫东"，或许这就是爱情的伟大力量吧。

榜样的力量是无穷的。蔡石头改成蔡卫东，换来爱情最终成功，这个示范意义很大，一时间，连队里改名成了很时髦的事。为了神圣的爱情，男兵大多改成伟、宏、凯、斌之类响亮的名字，女兵则多把"小"改成"晓"，把叠字变成单字。改的人多了，令军务部门烦不胜烦，终于一道命令下来说，无特殊情况，一般不得随意改名，这才算刹住了改名风。

一段时间里，连长老贾点名总觉得很陌生，每点一个改过的名字，就要停下来看看到底是谁，虽没说什么，嘴角却挂着一丝不易察觉的嘲笑，那潜台词，用赵本山的话来说分明是：小样儿，换个马甲我就不认识你了？

人间四月天

　　旷世才女林徽因的诗作，清莹温婉、和悦流畅，最出名的莫过于《你是人间四月天》，究竟是写给挚友徐志摩的，还是写给自己的爱子的，学界一直存有争议。但不管写给谁，都不影响诗的唯美、浪漫、清新、温馨，什么时候读起来，心里头都是暖暖的，还会偶尔生出一份奢望，假如有谁能写给自己一首这样的诗，此生足矣。

　　中国幅员辽阔，南北温度相差极大。海南已是赤日炎炎，热的汗流浃背；新疆还会天寒地冻，飘起鹅毛大雪。就南北气候平均来说，春天大约包括三、四、五三个月。三月春寒料峭，乍暖还寒，五月已是暮春初夏，残花败柳，"落花流水春去也"，比较起来，四月，确实是一年中最好的春天的最好月份。

　　四月，草长莺飞，鸟语花香，"日出江花红胜火，春来江水绿如蓝"，最容易引发诗人的创作灵感。历代文人骚客，留下不计其数描写四月的佳作，脍炙人口，美不胜收，历代为人传诵。我最欣赏南宋诗人翁卷创作的《乡村四月》，诗曰："绿遍山原白满川，子规声里雨如烟。乡村四月闲人少，才了蚕桑又插田。"诗人以清新明快的笔调，出神入化地描写了江南农村初夏时节的旖旎风光，表达了其对乡村生活的热爱之情。

四月，不冷不热，风和日丽，最宜亲近大自然。踏青的人们，纷纷扶老携幼，走向田野，走进丛林，走上山坡，沐浴着阳光的温暖，呼吸着新鲜的空气，在春风里陶醉，听鸟儿呢喃。就连一向老成持重的孔夫子，也忍不住想扔下书本，和弟子们一起穿上春天的衣服，到沂河里洗澡，在舞雩台上吹吹风，唱着歌走回家。而王羲之们也在"暮春之初，会于会稽山阴之兰亭，修禊事也"。那些还宅在家里的男女，请走出家门，投入大自然的怀抱，可不要辜负这大好春光啊！

四月，万物复苏，春意盎然，阳气上升，动物们无不春心萌动，忙着寻找艳遇，制造爱情，同时，也是人类男欢女爱的最佳季节。贵州苗族有个传统节日"四月八"，年轻男女们吹芦笙，唱情歌，翩翩起舞，寻找自己的那一半，许多人就在这一天订下终身。台湾电视剧《四月望雨》，则描述了一位才华横溢的音乐家与四个女子的情感历程，情节曲折，聚合多变，缠绵悱恻，深情动人。

四月，是赏花的最好时节。阳春三月，花还开的稀稀疏疏，大多含苞欲放，不成规模，即所谓"篱外桃花三两枝"。一进四月，阳光灿烂，春风催动，各种花卉就好像比赛一样，争先恐后地绽开怒放，人们置身花的海洋，心旷神怡，流连忘返。今年四月的一天，我正身处江西婺源的万亩油菜花地里。放眼望去，铺天盖地一片金黄，远比张艺谋的《满城尽带黄金甲》里那种景色要壮观，再加上漫山的红杜鹃，满坡的绿茶，山村的白墙黛瓦，和谐搭配，构成了美丽图画。婺源被誉为"中国最美乡村"，果然是名不虚传。

四月，春雨潇潇，干旱饥渴了一冬的大地在急切地等待着这生命的源泉。春雨可观，"南朝四百八十寺，多少楼台烟雨中"；春雨可听，"小楼一夜听春雨，深巷明朝卖杏花"；春雨可戏，"沾衣欲湿杏花雨，吹面不寒杨柳风"。我的多年习惯，只要春雨喜降，若不是忙到不可开交，就一定会撑起一把已用了多年的油纸伞，漫步雨中，听春雨打到纸伞上的沙沙声，默默背诵戴望舒的《雨巷》："撑着油纸伞，独自彷徨在悠长、悠长又寂寥的雨巷，我希望逢着一个丁香一样的结着愁怨的姑娘。"其时，心境澄清，曼妙无比。

人间四月天，天地钟秀，我的最爱。

得意一二

清代学者张潮说："阅《水浒传》，至鲁达打镇关西，武松打虎，因思人生必有一桩快意事，方不枉生一场。即不能有其事，亦须著得一种得意之书，庶几无憾耳。"此说甚合我意，心有戚戚焉。

人这一辈子，不论士农工商，名流俗人，总该有那么一两件甚为得意之事，自己干得漂亮，众人无不服膺，什么时候想起来心里都是美滋滋的，说不定还能名垂史册，令人千秋瞻仰。一旦遇到这事，那就该像李太白诗里说的那样："人生得意须尽欢，莫使金樽空对月。"

这种得意事不可能多，多则司空见惯，没有意义。像武松打虎，一辈子就一回，不过这一回就够了。王勃一生，辞赋颇多，但得意之文不过《滕王阁序》，这一篇佳作就让他足以不朽。书圣王羲之，涂抹文字何止千万，得意之笔唯《兰亭序集》，被誉为天下第一行书。造桥匠师李春，一生造桥多多，只有赵州桥是他的得意之作，距今一千四百年了，还老当益壮，世界第一，绝无仅有，他不得意谁得意？

这种得意事贵在一个"奇"字，不是庸常之举，非循规蹈矩人所能为。毛泽东是大军事家，一生指挥大小战役无数，在他眼里，四渡赤水才是一生中的"得意之笔"。美国作家索尔兹伯里在《长征——前所未闻的故事》中也写到，四渡赤水是"长征史上最光彩神奇的篇章"。这一仗，"调虎离山袭金沙，兵临贵阳逼昆明"，就赢在不循常规，不按套路，出其不意，以奇制胜。

这种得意事一般不可复制。飞将军李广善射，膂力过人，百步穿杨，最得意之射，是其酒后误将巨石当猛虎，一箭射入石中，以后多次再试，均无法入石。2006年男篮世锦赛，中国男篮王仕鹏在最后一秒钟，面对两个高大球员封盖，超远距离，投中制胜球，以78∶77绝杀斯洛文尼亚队，中国闯进十六强。这一球是他篮球生涯中的得意之球，以后再也没有出现过这样的奇迹，可谓空前绝后。

这种得意事大都无法超越。得意之事，一般都是自己事业的高峰，好似灵光一现，稍纵即逝，基本上是无法再超越的。吴佩孚过五十大寿，康有为送去贺联："牧野鹰扬，百世功名才半纪；洛阳虎视，八方风雨会中州。"大气磅礴，寓意深远，被誉为世纪名联，吴大喜过望，康自己也颇为得意。康有为一生好联，虽苦心孤诣，但后来再作对联都没有超过此联。棋圣聂卫平，1976年在中日围棋对抗赛中，战胜当时日本超一流选手石田芳夫九段，以六胜一负的成绩在围棋强国日本被称为"聂旋风"。以后，虽然他仍南北征战，战绩不俗，但再也未超越1976年那次得意之战。

人生须有一二得意事，但这事不一定轰轰烈烈，也未必高雅如阳春白雪，只要自己得意，大伙服气就好。我有一赵姓作家朋友，著作等身，好评如潮，他却不以为然，说那不过是为稻粱谋的饭碗，他最得意的是在一次文友聚会的酒桌上猜枚行令，连赢三十五把，把对手喝倒好几个，人送外号"西城第一枚"。这事我都听他提过不下十回，每次提到仍两眼放光，兴奋不已，好汉偏提当年勇，我也为他高兴。

回首往事，我这辈子虽事功不显，诗文不彰，均平淡无奇，但也有一得意事值得一提。1992 年，我率队参加总部知识竞赛，在经费、经验、人员、技巧皆不如人、谁都不看好的情况下，连克强敌，杀入决赛，获得冠军。并再接再厉，与原班人马在全国竞赛中所向披靡，最后获得大赛一等奖。为此，我提前晋级，记二等功，参加人民大会堂国宴，倍感荣耀，至今想起，仍激动不已，不怕人家说我浅薄。

　　人生苦短，转瞬百年。愿我们每个人都能显身手，抖精神，建功立业，也干他一二得意事，以青春无悔，"庶几无憾耳"。

跌倒时笑最可贵

日本著名哲学家中江兆民，早年留学法国，学养厚重，有著述译著多部，人称"东方卢梭"。1901 年，他五十四岁时被检出患了咽头癌，医生判断最多只能活"一年半"。他在"只要有一口气，就一定有事可做，也可过得愉快"的信念支持下，开始最后两部著作的写作。他最终没有活过"一年半"，但气管被割开，"枯瘦得像仙鹤一样"的他，却以超常的毅力，完成了日本学术史上里程碑式的著作《一年有半》《读一年有半》。他在重病期间写的名诗《跌倒也要笑》，也在日本不胫而走，流传至今。

跌倒也要笑，是苦中作乐的顽强精神，是不屈不挠的人生态度，具有这样的可贵品质，早晚会走出低谷，再创辉煌，即便壮志未酬，也会虽败犹荣，虽死犹生。

当年，曹操兵败赤壁，八十万大军被扫荡一空，身边只有数骑。逃亡路上，将士都心情沮丧，无精打采。曹操却谈笑风生，似乎是凯旋而归，他的乐观感染了周围的人，行进速度明显加快，不久便脱离险境，回到魏地。后来的重整旗鼓，卷土重来，也没要太长时间。

苏东坡因乌台诗案被贬谪，这一跤让他跌得鼻青脸肿，惨不忍睹，先贬黄州，又贬颍州、惠阳，最远贬到海南儋州，这是仅比满门抄斩罪轻一等的处罚。面对人生低谷，超强的乐观精神救了他，东坡放言："百年须笑三万六千场，一日一笑，此生快哉！"于是，黄州城外赤壁山前开怀一笑，《赤壁赋》《后赤壁赋》和《念奴娇·赤壁怀古》等千古名作便横空出世，奠定了他文化伟人的历史地位。

金圣叹因受"抗粮哭庙"案牵连而被朝廷处以极刑。行刑日，凄凉肃穆，杀气腾腾。吃完"送行饭"，金圣叹叫来狱卒说"有要事相告"。狱卒慌忙跑来，没想到他贴近狱卒耳边，故作神秘地说："花生与豆干同嚼，大有肉之滋味，此中秘密，幸勿外传。"说完，哈哈大笑，声震房宇。面对死神犹能说笑自如，大彻大悟的他走得一定很安详。

曾有人说，三个苹果改变了世界：一个苹果诱惑了夏娃，一个苹果砸中了牛顿，还有一个苹果在乔布斯手中，这个苹果被咬去一口，是他多年遭受苦难的隐喻。创业、跌倒、再创业、再跌倒，经过十几年的打拼，他终于有了自己的公司和产品。可是，他的手下居然发动"政变"，把他从自己的公司扫地出门。跌了这样的大跟头，他不过淡然一笑，又开始重新创业。不久，机会来了，他原来的公司终于看到了他的价值，又请他回去主持大局，从此，他便如鱼得水，大显身手，事业一路高歌，奇迹接连出现，他的产品影响了整个世界。

《菜根谭》说得好："得意时论地谈天，俱是水底捞月；拂意时，吞冰啮雪，才为火内栽莲"，就是说，作为一个修行人，处处顺境，就得不到真实修行；必须要在逆境中，才能够有所成就。作为一个创业人，不经失败，不跌跟头，没有"跌倒也要笑"的精神，也不会真正成熟。

笑一笑，十年少；愁一愁，白了头。但是，成功、胜利时笑，得意、幸福时笑，都不足为奇，那是人之常情，谁都能行。而失败、铩羽时还会笑，折戟、落难时还能笑，就非常人所能为，必有过人之处，或为百折不弯的英雄好汉，或为意志超强的仁人志士。对他们来说，失败只不过是成功前的一次演习，落难无非是人生的一种体验，身处低谷只是为攀登高峰积蓄能量，卧薪尝胆是为了换来"三千越甲可吞吴"，只要能顶得住，不泄气，咬紧牙关，笑对坎坷，就必然会迎来柳暗花明又一村。这样，你可能就是笑到最后的曹孟德，笑傲天下的乔布斯，笑贯千古的苏东坡。

珍惜那个陪你的人

　　人生在世，长路漫漫，多多少少总会有人与你相陪相伴。儿时，有人陪你玩尿泥，打弹弓，掏鸟窝；长大了，有人陪你过日子，晴耕雨读，耳鬓厮磨，柴米油盐酱醋茶；干事业，有人陪你打天下，风雨同舟，甘苦与共；闲暇时，有人陪你把酒言欢，琴棋书画，"悠然见南山"；关山迢递，有人与你相濡以沫，陪你慢慢地一起变老……任何一个陪你的人，都是弥足珍贵的，都是来之不易的缘分，都要好好珍惜，千万不要辜负人家，做对不起人的事。

　　童真如金。幼时陪你玩尿泥的玩伴，天真无邪，浪漫不羁，无欲无求，毫无功利之心，那是人一辈子最纯洁最美好的岁月，啥时候都要铭记于心的。将来不论你做到了什么高位，成了哪一级首富，都不能忘记那些曾经陪你下河捞鱼，上山打鸟，瓜地里偷瓜，树底下斗蛐蛐的发小。千万不要学一阔脸就变的陈胜，发迹后翻脸不认人，当初信誓旦旦的"苟富贵勿相忘"成了千古笑谈。

　　时光流逝，陪你过日子的人可能不再那么年轻漂亮，那么有魅力了，但她对你的价值却高过万千美女，她对你的意义胜过无数娇娃。她死心塌地和你一起栉风沐雨，白手起家；她含辛茹苦地和你一起养家糊口，生儿育女，共同支撑起一个幸福的家。你就是混到再有钱，再有名，官再大，位再显，也要不忘初心，学学西汉的宋弘，富贵不易妻，高风成美谈。时刻牢记古训："贫贱之交无相忘，糟糠之妻不下堂"。

交友之道，就是既能共患难，也能共富贵。陪你打天下的朋友哥们或许没有那么高明，那么有本事，那么有能力，但一路走来，他为你避风遮雨，出谋划策，冲锋陷阵，与你不离不弃，共进共退，他就是再不堪，但毕竟一直忠心耿耿，心无旁骛，没有功劳也有苦劳。如今功成名就了，江山坐稳了，可不能亏待他们，干过河拆桥，卸磨杀驴的缺德事。昔日，勾践逼死了功臣文种，逼走了范蠡；刘邦除掉了开国元勋韩信、彭越、英布；朱元璋把一起打天下的老哥们杀得七零八碎，留下千古骂名，是为前车之鉴。

即便是陪你饮酒品茗的清客，与你棋盘博弈的对手，听你弹琴唱歌的知音，和你翩翩起舞的舞伴，都是值得珍惜、敬重的。他能舍得时间，花费精力，与你相陪相伴，那就是你的贵人。有了钟子期的知音，伯牙才能大显身手；失去钟子期的陪伴，伯牙摔琴绝弦，终生不弹。白居易发出邀请"晚来天欲雪，能饮一杯无"，刘十九欣然相陪，酒逢知己，棋逢对手，换来一夜欢愉。反之，宋人赵师秀"有约不来过夜半，闲敲棋子落灯花"，那该多扫兴、多无趣、多寂寞。

佛说：前生500次回眸换得今生擦肩而过。能与你相陪数年，又该是多少载的修行？然而，人们却往往苛求那个诚心诚意陪你的人，总觉得他这也不行，那也不行，挑了一堆毛病，看他什么都不顺眼。可是就他愿意陪你前行，与你相伴，不论逆境还是顺境，不论得意还是失意，就这一点来说，他的价值对你而言高于世上的每一个人。反之，你崇拜的人，心仪的人，你的男神、女神，你想和他同行为伍的人，人家可能连正眼都不看你一下，视你如无物。或许你只有在他们那里碰了壁，吃了瘪，才知道那些甘心陪你的人有多珍贵，多可爱，多难得。

而且，不要忘了，那些甘愿陪你的人也是有尊严有底线的，你若轻视他们，不把他们当回事，不顾及他们的感受，伤了他们的心，照样也会离你而去，让你后悔莫及。因而，请珍惜眼前的一切，敬重每一个肯陪你的人，这是惜福，也是重情，是良知，也是智慧。

春是"争"出来的

春天到了，大地回暖，万物复苏，杂花生树，草长莺飞，进入一个生机勃勃、争奇斗艳的季节。

鸟语花香，乃春天之最佳代名词，只要有了这两样东西，春天就会热热闹闹，有声有色。

鸟语是春天的发言人。"春眠不觉晓，处处闻啼鸟"，听那树上的鸟儿一大早就在争相鸣叫，高一声低一声的，长一声短一声的，一叫就是几个时辰，也不嫌累。太史公说："天下熙熙皆为利来，天下攘攘皆为利往"。也不知这些鸟儿到底是在争什么，自然不是人类的理论之争，主义之争，府院之争，楚汉之争，想来无非是在争配偶，争高枝，争巢穴，争虫子，说到底也是在争利。据说，全世界的鸟语共有三千种之多，和人类语言的种类不相上下。孔子的快婿公冶长要在就好了，相传他是懂鸟语的。

花香是春天的活广告。春之万物，争来争去，争得最出彩最生动的当然还是花卉，百花争艳，万紫千红，香飘四野，美不胜收。争着看谁最先绽开花朵，争着释放芬芳，争着看谁的花朵开得大，开得娇艳别致，开得久长。人世间热衷于争名于朝，争利于市，花的世界也难免俗，你争花王、花后桂冠，我争花魁、花仙名号。花花草草的，看似沉默不语，但都心里有数，在暗地用劲，比着打扮自己，争蜂引蝶，争奇斗艳。

争得最热闹的非虫蛇猫狗莫属。惊蛰一到，无数动物就急匆匆地结束冬眠，争先恐后从地下、从洞里爬了出来，伸伸懒腰，活动活动筋骨，嗷几嗓子，便忙着觅食，搭窝，然后把自己打扮得花枝招展，争着去吸引配偶，谈情说爱，生儿育女。猫儿在房顶上叫春不停，野狗奔波打闹争风吃醋，尽情发泄着集聚了一年的荷尔蒙，播撒下爱情的种子。

一年之计在于春。"布谷飞飞劝早耕，春锄扑扑趁春晴"，勤劳的农夫争着下地劳作，犁开沉睡的土地，播下希望的种子，等待发芽、开花、结果，"春种一粒粟，秋收万颗子"。"读书不觉已春深，一寸光阴一寸金"，勤奋的学子争着读书学习，游弋在知识的海洋，收获科学的硕果，将来好报效国家，实现自我，"学成文武艺，货与帝王家"。诗人争着歌颂春光，"小楼一夜听春雨"，"最是一年春好处"。画家争着描绘春色，喜看青山如黛，绿水缠绕，画成丹青幅幅，美图卷卷。

争春，一直是文人骚客百写不厌的话题。同是咏梅，陆放翁壮志难酬，心情悲凉，诗云"无意苦争春，一任群芳妒"；毛泽东则踌躇满志，心旷神怡，反其意而用之"俏也不争春，只把春来报"，显得境界更为旷达乐观。宋人梅尧臣志趣高雅，不落流俗，诗曰"应与残红闲是伴，不随舞蝶去争春"。唐人李商隐多思多情，缠绵悱恻，发出"春心莫共花争发，一寸相思一寸灰"的哀叹。明人沈愚心情不错，志得意满，春天在他眼里就成了"江花含笑欲争春，江水笼烟柳色新"。

曹雪芹在《红楼梦》里也精心设计了争春的细节。贾府的四个女儿，老大元春争来了荣华富贵，烈火烹油，成了皇帝宠妃；老二迎春，也想抗争命运摆布，但懦弱胆小，还是没有争赢，白搭上了一条性命；老三

188

探春生性刚强，争地位，争脸面，争风头，争才学；老四惜春与世无争，最后看破红尘，遁入空门，其实也是不争之争。这四春，秉性各异，命运不同，争来争去，"三春去后诸芳尽，各自须寻各自门"，也是大观园由盛到衰命运的缩写。

物竞天择，适者生存。大千世界，万事万物，竞争无所不在，无时不在，争能出生机，出活力，争得欣欣向荣，蒸蒸日上。春天也是争出来的，越争越热闹，越争越红火！

只要一点点

"不爱那么多，只爱一点点，别人的爱情像海深，我的爱情浅。不爱那么多，只爱一点点。别人的爱情像天长，我的爱情短。不爱那么多，只爱一点点。别人眉来又眼去，我只偷看你一眼。"这是台湾著名杂文家李敖的打油诗。诙谐幽默，很接地气，貌似插科打诨，其实寓意不浅，虽系调侃戏谑，实则颇具哲理。

爱情是荷尔蒙的产物，不可能永不枯竭，随用随有。乱爱、滥爱，见一个爱一个，见异思迁，喜新厌旧，到处拈花惹草，信奉"杯水主义"，那样的爱情其实是兽欲，含金量太低，也为人所轻视，会说你是"用下半身思考"的登徒子一类人物。诚如教育家陶行知诗云："爱之酒，甜而苦。两人喝是甘露，三人喝是酸醋，随便喝，要中毒。"

爱情不要多，只爱一点点，对世间其他事情也是如此，要爱之有度，适可而止。遍览古今中外，形形色色，人吃亏通常就是因为太贪，欲壑难填。有了一点点，还想要两点点，三点点，四点点，无法满足时，就不择手段，违法乱纪，结果最后身败名裂。普希金有长诗《渔夫和金鱼

190

的故事》，描写了一个贪婪的老太婆，欲望越来越大，总是不满足，向小金鱼提出了一个又一个的要求。因为老太婆无休止的追求，结果是从最初的清苦，继而拥有辉煌与繁华，最终又回到从前的贫苦。故事告诉我们，追求好的生活没有错，但关键是要适度，有节制，过度贪婪者很难有好结果。

味精，做菜煲汤时只要一点点，就会鲜美无比，可是若放多了，便发苦难吃，无法下咽。金子，"黄黄的，发光的，只要一点点儿，就可以使黑的变成白的，丑的变成美的，错的变成对的，卑贱的变成尊贵的，老人变成少年，懦夫变成勇士……"（莎士比亚语）若做成戒指戴在手上，这一点点就可象征坚贞的爱情，但要是满身金银，遍体珠翠，反而显得俗不可耐，像个暴发户。且不安全，极易成为盗贼打劫的对象。

名利是好玩意儿，人皆谋之，世共仰之。如果连一点都没有，也难以生存，无法立足，除非是苦行僧。但太多了也未必就是好事，可能成为沉重的包袱，让你如牛负重，步履维艰。人生在世，有一点点名利就不错了。小有名气，聊以自慰，说明你在某些行业不无建树，值得肯定；薄有家产，够用就好，"鼹鼠饮河，不过满腹；鹪鹩巢林，不过一枝。"名利太多也真没啥用。富可敌国，日进斗金，一天到晚都在数票子，幸福指数也不会直线上升；名满天下之人，则大多都是盛名之下其实难副，还要硬撑着架子到处装模作样，也是很累的。

有些东西，则一点点也不能动，不能沾。氰化钾，只要一点点就能置人于死地。他人钱物，你偷偷动了一点点，就可能触犯法律，关进大牢。公家款项，若私自拿了一点点，那就是贪污挪用，轻者纪律处分，重则法律严惩。这就是清代官员张伯行的《却赠檄文》说的那个意思："一丝一粒，我之名节；一厘一毫，民之脂膏。宽一分，民受赐不止一分；取一文，我为人不值一文"

事情都是从一点点开始的。"合抱之木，生于毫末；九层之台，起于累土"，学问要一点点积累，财富要一点点积蓄，人气要一点点积攒，名声要一点点积聚。只要抱着"勿以善小而不为"的态度，积以时日，成效自见，就会积沙成塔，集腋成裘。

反之，干坏事也是从一点点开始的。小时偷针，大时偷金，是由小坏到大坏；千里长堤溃于蚁穴，是以小坏误大局。贪污受贿，也往往是从一点点开始的，一条烟，一瓶酒，一个小红包，如不及时刹车，后果可想而知，悲剧不计其数。因而，坏事是一点点也不能干的，即所谓"勿以恶小而为之"。

不要那么多，只要一点点。"弱水三千，只取一瓢"，是人生态度，也是哲学命题，能参透者乃为高人。

人生如书

人生如书，书如人生。大千世界，芸芸众生，每个人都是作者，也是读者，写自己的书，读他人的书，磨自己之笔，评他人之文。

"书名"是家里老人起的，或祖父母、或外祖父母、或叔伯舅姨。有的用了一辈子，好赖就是他了；有的中途改过，为了吉利响亮。彭清宗改名彭德怀，冯基善改名冯玉祥，刘福荣改名刘德华，李振藩改名李小龙，周树人改名为鲁迅，舒庆春改名老舍，李尧棠改名巴金，管谟业改名莫言，都改得很成功，对事业帮助不小。

"封面设计"是父母之功。封面就是人的颜面，一个人的颜值如何，身高多少，胖瘦几许，都拜父母所赐，遗传基因决定。若生成潘安之貌，貂蝉之容，你就好好感谢父母，并充分利用好你的天然资源去攻城略地，开疆拓野。或生成东施之颜，嫫母之貌，那也别怨天尤人，自惭形秽，咱努力争取个心灵美，不能秀外那就想法子"慧中"吧。颜值总不能顶一辈子，美女迟暮，帅哥失颜，都是早晚的事，说到底还是要靠本事才学立身处世。当然，也有人借助现代医学技术，动刀动剪，美化自己的颜值容貌，也无可厚非，毕竟是爱美之心人皆有之。

"前言"是老师所为。老师有开蒙之功，启智之劳，教授有用知识，开启学问之门，相当于为书作序立言。一篇前言写好了，可以提携全书，锦上添花。若碰上好老师，给你写篇高水平前言，指点迷津，耳提面命，是你的福气，会终生受益。但别忘了，师父领进门，修行靠个人，老师的前言只能提纲挈领，指引方向，至于书写得咋样，是否精彩，就主要靠个人了。

"内容"是自己写的。对一本书来说，书名固然需醒目别致，封面设计固然需别开生面，前言固然要请名家动笔，但内容是王，一本书的好坏，价值大小，最终取决于书的内容。有的书写得精彩纷呈，高潮迭起，内容丰富，惊心动魄，一波三折，可读性极强，引人入胜。有的书写得平铺直叙，波澜不惊，无声无臭，读来令人昏昏欲睡，味同嚼蜡。有的书写成皇皇巨著，博大精深，汪洋恣肆，挥挥洒洒。有的书内容贫乏，乏善可陈，除了一堆废话、空话、套话、大话，别无长处，一无可取，可直接送进造纸厂的化浆池。怎样才能把人生之书写好？一是要用心去写，呕心沥血，苦心孤诣，殚精竭虑，宵衣旰食；二是要用力去写，竭尽全力，不遗余力，用上洪荒之力，汗要成吨地流，苦要成天地吃。只要这两个功夫下到了，精力用够了，天道酬勤，功不唐捐，你的书一定不会差。一不留神，说不定就成了传世佳作，洛阳纸贵，人人争相诵读。

"后记"是给你开追悼会致悼词者的杰作。主持人回顾你的一生，说说你这辈子的主要贡献、建树，赞扬你的道德品质，称许你的为人处世。给你盖棺定论，说你是"一大损失"或其他损失，说你是"久经考验"或"酒精考验"——这句话要在心里说。反正你也听不到了，爱说啥就说啥吧。

"书评"是后人所为。有书就有书评，只要你写了书，有人看了，就会发表评论，说三道四，见仁见智，无非有的书评价高，有的书评价低，有的书评影响大，有的书评影响小罢了。有的书被评为"史家之绝唱，无韵之离骚"；有的书被评为"写鬼写妖高人一等，刺贪刺虐入骨三分"；有的书被评为"掌上千秋史，胸中百万兵"。能得到这样的书评，三生有幸，但又是可遇而不可求，故应达观视之，"得之我幸，不得我命"。

人生在世，"不如意事十之七八"，倘若你的书名欠佳，封面设计失准，又没个好序言，那也不必灰心丧气。看看人家马云的书，"封面设计"不咋样，"序言"也未及上乘，但内容惊人，丰富多彩，跌宕起伏，俨然成了不朽名作，能否流传千古不好说，至少这几十年里，凡有井水处，皆有马云金句名言。

或曰，马云奇迹不可复制，那也不必气馁。即便没有大红大紫，没写成畅销书，只要认认真真写好我们自己的书，精益求精地打磨每一章节，字皆心血所凝，句则苦吟而得，就没白活，就是有价值的人生。请记住尼采名言："一切文学，余只爱以血书者。"

手机如人

现如今，手机已成为人最亲密的朋友，几乎是人手一机，甚至两机、三机。人们与手机朝夕相处，亲密无间，走路抓在手里，睡觉搁在枕边，吃饭放餐桌上，须臾不可分离。一离开手机，就不知道该咋办，钱没法花，人联系不上，票无法订，外卖要不来，简直就没法子活了。刘震云编剧的电视剧《手机》，就用一部小手机引出了世间百态，人情冷暖。手机不仅与人关系密切，而且越来越像人，抑或人越来越像手机。

手机要充电，人也要充电。手机不充电就没法用，等于一块废铁，因而差不多每天都要充一次电，出差的人更是随身带着充电宝，以防不测。人也是一样，要及时充电、加油，补充能量，更新知识。如果一味的吃老本，靠老经验办事，不知学习新事物，掌握新知识，早晚会把"电"用光，成为百无一用的废物。

手机内存要大，否则，内存不足，使用受限，运行速度慢，存储空间小，用起来要多难受就多难受。人也要不断扩大内存，努力扩充自己的知识领域，拓展自己的内心世界，开阔自己的视野胸襟，做大自己的

196

事业，提高自己的精神境界，否则就要落伍掉队被淘汰出局。

手机有长度宽度，长乘宽决定其个头大小，屏幕尺寸，价格高低。人也有长度宽度，寿命的长短是人的长度，单位时间里创造的价值是人的宽度，长乘宽就决定了一个人的人生价值。如果说我们不能控制自己生命的长度，那就不妨在生命的宽度上下功夫，拼搏奋斗，只争朝夕，建功立业，奉献社会，那么，即使天不假年，生命长度有限，但乘以可观的人生宽度，其结果数值也是令人欣喜的。

手机的功能很多，但因为许多用户不懂、不知或不愿意学习新事物，大部分都被闲置不用，颇为可惜，颇有暴殄天物之嫌。人也是如此，很多潜能都没有发挥，白白浪费了。据说人的大脑平均只用到了 4% 左右，即便是爱因斯坦那样的超级天才，也不过用到了 10% 左右。因而，我们应该好好挖掘潜能，尽可能发挥人的主观能动性，以获取更大的生命价值。

手机有高中低三档，性能、内存、速度差别很大，自然价格也颇悬殊，但有条件者还是以握有一台高档手机为荣，不仅是有面子，最重要的是好用高效。做人亦有人品上中下之分，君子坦荡荡，高风亮节，是人中上品，人共景仰；小人常戚戚，狗苟蝇营，乃人中下品，人皆侧目。做人当做君子，远小人。

手机有拉黑功能，言语不对的，非我族类的，说不到一起的，胡言乱语的，乱做广告的，骂骂咧咧的，只消轻轻一点，就与他拜拜了，从此天各一方，形如参商。人有绝交之技，但凡品质低下者，情趣低俗者，为非作歹者，做人没有底线者，那就干脆道不同不相为谋，早早与其一刀两断，分道扬镳，免受其牵连，遭其污染。

新手机都很好用，但用上几年后就会反应迟钝，速度变慢，还不时卡壳、死机，净耽误事儿，那就到了该换新手机之时。人也是这样，年轻时"气吞万里如虎"，精力充沛，生机勃勃，进入老境后，精力体力脑力执行力会全面下降，这时就要有自知之明，急流勇退，切勿恋栈，主动给年轻人腾位置，看他们叱咤风云，为其鼓掌叫好。

手机信号要好，接收要灵；人要耳聪目明，反应迅捷。手机要多爱惜，勤保养，方可延长使用寿命；人要善自珍摄，休养生息，才能延年益寿。手机里有很多机密，不足与外人道；人也有不少机密，打死也不能说。手机摄像头像素要高，照出像来才清晰动人；人也要心明眼亮，方可看清世间百态。

不说了，手机与人越说越近乎，越说越热闹，就此打住！

把日子过成"花"

　　把日子过成花，换言之就叫"花样年华"，这个话题并不算新鲜。因为佛家早有"一花一世界，一草一天堂"之妙解，如同醍醐灌顶，启人心智；泰戈尔则有"生如夏花之绚烂，死如秋叶之静美"之金句，历来为人所推崇，被视为人生最高境界。

　　世界上花有多少种，无从统计，光是兰花就有两万多种，如把所有的花的种类都统计出来，估计得是个天文数字。老话说"天上一颗星，地下一个丁"；抑或可以说，"地上花一朵，世间人一个"。花有多少种，人的活法就有多少种，花有百花争艳，万紫千红；人则百人百态，千人千面。花中贵有牡丹，艳有桃李，香有金桂，凌霜有金菊，傲雪有红梅，清高有兰花；也有不起眼的狗尾巴花，小如米粒的苔花，臭如腐尸的魔芋花，就看你想把日子过成哪种花？

　　"不经一番寒彻骨，怎得梅花扑鼻香"，哪一朵花的开放，都不是随随便便，轻轻松松，都要经历盛夏的煎熬，秋风的洗礼，冬雪的考验，才能换来春天的尽情绽放。做人也是一样，没有谁会轻而易举获得成功，不经磨难取得胜利。马云创业之初，惨淡经营，屡屡失败，缺钱缺人缺技术缺项目，左支右绌，捉襟见肘，可是他咬牙顶住了，最终闯出了自己的一片天下，开出了鲜艳夺目的成功之花。潘建伟团队研制的量子通信，起步困难，阻力重重，非议四起，唱衰声声。但他们不为所动，坚定不移走自己的路，筚路蓝缕，宵衣旰食，粉碎一个个障碍，战胜一个个险阻，稳步走向自己的目标，开出了姹紫嫣红的胜利之花，墨子号遨游太空，中国量子通信领跑世界。

大千世界，芸芸众生，犹如百花齐放，争奇斗艳，既有牡丹的国色天香，雍容华贵，也有草花的朴实无华，貌不惊人，大自然赋予它们同样生存的权利，它们都有资格展示自己的光鲜形象。人也一样，有三教九流，分士农工商，既有含着金汤勺出世的贵胄子弟，也有家徒四壁的贫贱孩儿；既有腰缠亿万的富二代，也有靠打工闯天下的草根阶层；既有呼风唤雨的达官贵人，也有辛勤度日的贩夫走卒。只要各自都在奋斗进取，自强不息，都在尽其所能地奉献社会，创造美好，在人格上就是公平的，精神上是等高的，理应都获得同等尊重。

退一步说，即便你我无法达到马云、潘建伟的高度，难以傲然群芳，始终都是一朵默默无闻的野花小草，既不引人注目，更无人喝彩，也可以执着地开放，骄傲地展示，把生活装点得丰富多彩，秀美如画。可以通过辛勤劳动，努力奋斗，把自己的事业做到最佳，在自己的一亩三分地里翻飞腾挪，耕耘收获，把自己最美的瞬间，毫无保留地绽放给这个世界。人生在世，如果做不了大富大贵的牡丹，那就做个朴实无华的草花吧！

"花无百日红，人无千日好"，谁都不要忘了，花开自有花落日，该开时就抓住时机，盛开怒放，香飘天外，开他个大红大紫；该败时也别恋恋不舍，纠结哀怨，要急流勇退，服从自然规律，"挥一挥衣袖，不带走一片云彩"。人生也是如此，在位时就要红红火火大干一场，建功立业，燕然勒功，修身齐家治国平天下，"赢得生前身后名"；该退时也要潇潇洒洒，利利索索，"捧一颗心来，不带半根草去"，绝不恋栈犹豫，迟迟不走，让人笑话嘲讽。

"年年岁岁花相似，岁岁年年人不同"。岁月如梭，逝者如斯，年年都有新花盛开，岁岁都有新人登场，"愿你有一个灿烂的前程，愿你有情人终成眷属，愿你在尘世获得幸福"，把日子过成花，过成诗，过成童话，"面朝大海，春暖花开"。